Isi Kandungan

DISIMATKAN TETAPI HILANG: PENULIS YANG TIDAK DIDISCIPUL – Edisi Bahasa Melayu

"Dia telah diselamatkan lima kali... tetapi tidak pernah menjadi murid sekali pun."

Kisah yang mẹndedahkan kesedihan hati Syurga — dan harapan Gereja.

Oleh

Duta Isnin O. Ogbe ; Selesa Ladi Ogbe ; Zacharias Godseagle

Halaman Hak Cipta

DISELAMATKAN TETAPI HILANG: PENULIS YANG TIDAK BERDISIP

Diterbitkan oleh:

Zacharias Godseagle & God's Eagle Ministries

Pengarang:

Zacharias Godseagle

Comfort Ladi Ogbe

Duta Isnin O. Ogbe

Dicetak di Amerika Syarikat.

Mengenai buku - DISIMPAN TETAPI HILANG: MULAI YANG TIDAK DIDISCIPLE

Apa yang berlaku apabila keselamatan menjadi statistik — dan bukan cerita?

Di tengah-tengah Nairobi, seorang paderi yang bersemangat membina gereja besar di atas panggilan altar yang berkuasa. Setiap hari Ahad, beribu-ribu mengangkat tangan mereka - tetapi hanya sedikit yang bangkit dalam iman. Anita Wambui, seorang pelajar universiti yang mencari, menjawab berulang kali — "diselamatkan" lima kali tetapi tidak pernah menjadi murid sekali.

Apabila tangisannya meminta pertolongan meletup di internet, ia menghancurkan ilusi benua dan menggegarkan hati Syurga.

Melalui kehidupan Anita, Pastor Esther, Ruth, dan saki-baki yang rendah hati, kisah nubuatan ini mendedahkan kebenaran yang berbahaya: **keputusan tidak membuat murid — perhubungan.**

Diilhamkan oleh peristiwa sebenar di seluruh Afrika dan seterusnya, *Saved But Lost* ialah perumpamaan sinematik yang memanggil gereja, pastor dan orang percaya untuk kembali ke hati Yesus — di mana kebangkitan bermula dengan akar, bukan tergesa-gesa.

◈ *"Sebab awak suam-suam kuku... saya akan ludah awak." — Wahyu 3:16*

Adakah kita akan melambatkan cukup lama untuk berjalan bersama-Nya?

KETERANGAN KULIT BELAKANG PAPERBACK

Bagaimana jika diselamatkan... tidak pernah cukup?

Diselamatkan Tetapi Hilang mengikuti Anita Wambui — seorang wanita muda "dilahirkan semula" lima kali tetapi tidak pernah menjadi murid sekali — dan Pastor Esther Mwangi, seorang pendakwah yang berapi-api yang pelayanan kepantasannya bertembung dengan kebenaran perlahan tentang cara Yesus.

Daripada gereja besar Nairobi yang bercahaya kepada kalangan murid yang tenang di bawah pokok, naratif yang mencengkam ini mendedahkan titik buta terbesar gereja moden: akar cetek di bawah mezbah yang bersinar.

Apabila kesaksian viral Anita menjadikan sebuah negara terbalik, saki-baki bangkit - pastor bertaubat, murid muncul, dan Kristus menuntut kembali Pengantin-Nya.

Sebuah kisah nubuatan dan penuh emosi yang diilhamkan oleh peristiwa benar, *Saved But Lost* menyeru setiap orang percaya, pemimpin, dan pencari untuk menemui semula mandat yang terlupa: **"Pergilah dan jadikanlah murid-murid."**

Dari Afrika ke negara-negara, pergerakan baharu bermula — tidak lebih kuat, tetapi lebih dalam.

Kerana Syurga mengira hati, bukan tangan.

KATA KUNCI

1. Novel pemuridan Kristian
2. Fiksyen Kristian Afrika
3. Perumpamaan gereja moden
4. Kisah keselamatan dan pemuridan
5. Drama Kristian inspirasi

6. Kisah transformasi berasaskan iman
7. Kebangkitan melalui perhubungan

- "Fiksyen Kristian tentang kemuridan dan pertumbuhan rohani"
- "Drama Kristian Afrika tentang keselamatan dan iman"
- "Novel inspirasi berasaskan iman tentang gereja moden"
- "Kisah-kisah yang mengajar perbezaan antara mualaf dan murid"
- "Buku Kristian tentang bimbingan, transformasi, dan kebangkitan semula"
- "Kisah Kristian bernubuat tentang iman yang cetek dan akar yang mendalam"
- "Buku untuk pendeta dan pemimpin tentang pemuridan sebenar"

DEDIKASI

Kepada **tubuh Kristus** ,

yang kadang-kadang berteriak lebih kuat daripada yang didengarinya—yang mengira orang yang bertobat tetapi melupakan nama—namun, melalui rahmat, masih mendengar Yesus mengetuk.

Kepada setiap **Anita** — mencari, ikhlas, dan tidak kelihatan —

dan setiap **Ester** — dipanggil, berbakat, tetapi belajar kembali untuk duduk di kaki-Nya.

Kepada **generasi seterusnya pembuat murid** ,

yang akan membina meja, bukan menara —dan mengajar hati, bukan hashtag.

Kerja ini didedikasikan untuk anda.

Semoga anda berjalan dalam kepenuhan Amanat Agung—bukan untuk pergi lebih cepat, tetapi untuk pergi *lebih dalam* .

PENGHARGAAN

Setiap kisah yang menyedarkan hati bermula dengan bisikan dari Syurga. *Diselamatkan Tetapi Hilang: Siri Pemuridan* dilahirkan bukan dari kreativiti semata-mata, tetapi dari beban — beban untuk melihat orang percaya berakar, bukan tergesa-gesa; murid, bukan sekadar diisytiharkan selamat.

Setinggi-tinggi penghargaan kami sampaikan kepada:

- **Tuhan Yesus Kristus** , yang masih berdiri di depan pintu dan mengetuk — memanggil gereja-Nya kembali kepada kerja cinta dan perubahan yang perlahan.
- **Roh Kudus** , guru dan pembimbing kita, yang keyakinannya melahirkan murid sejati.
- **Selesa Ladi Ogbe** , isteri tercinta dan rakan sekerja saya, yang suara, doa, dan pandangannya memberi kelembutan dalam setiap renungan dan doa dalam siri ini.
- **Pasukan Global God's Eagle Ministries (GEM)** , yang dedikasi, kreativiti dan imannya yang tidak tergoyahkan menjadikan visi ini hidup melalui penulisan, filem dan teknologi.
- Kepada setiap pembuat murid, pendoa syafaat, dan orang percaya di seluruh Afrika, Amerika, Asia, Eropah, dan seterusnya — yang memilih jalan kedalaman yang sempit daripada paparan.

Ini untuk anda — sisa yang bangkit dalam cinta, kebenaran, dan kuasa.

Duta Isnin O. Ogbe

Ahli Strategi Transformasi NasionalKementerian Helang Tuhan – PERMATA

KATA PENGANTAR

Apabila Keputusan Menggantikan Pemuridan

Matius 28:19 | *Lukas 6:46–49* | *Wahyu 3:20*

"Lihat, Aku berdiri di muka pintu dan mengetuk..."

— *Wahyu 3:20*

Di seluruh negara, saya telah melihat orang ramai membanjiri mezbah, air mata jatuh, tangan diangkat, hati bergetar. Pendeta bergembira, statistik meningkat, namun - apabila muzik pudar - kesunyian mengikuti.

Terlalu ramai daripada mereka yang bermula di altar tidak pernah meneruskan di Salib. Kami meraikan *keputusan* , tetapi mengabaikan *pemuridan* .

Kami mengira *nombor* , tetapi lupa *nama* .

Buku ini, *Diselamatkan Tetapi Hilang* , lahir daripada kesakitan itu — kesakitan orang percaya yang tidak terkira banyaknya seperti Anita, yang diperkenalkan kepada Yesus tetapi tidak pernah dijemput untuk *berjalan bersama-Nya* . Saya telah bertemu beratus-ratus orang di seluruh Afrika, Asia, Amerika dan seterusnya - semuanya bergema satu tangisan senyap:

“Saya telah diselamatkan... tetapi saya tidak pernah ditunjukkan cara untuk hidup.”

Gereja moden telah menguasai kepantasan — pertumbuhan pantas, hasil pantas, penukaran pantas. Tetapi Yesus tidak pernah memanggil kita untuk tergesa-gesa; Dia memanggil kami untuk mengikut. Amanah Agung tidak berkata, *“Pergi dan jadikan orang yang bertobat.”* Ia berkata,

“Pergilah, jadikanlah murid-Ku...” (Matius 28:19)

Dan kemuridan bukanlah sekejap — ia adalah **perjalanan** .

Panggilan untuk Kembali

Dalam setiap generasi, Tuhan menimbulkan tangisan — peringatan tentang apa yang telah kita hilangkan.

Hari ini, seruan itu jelas: "**Kembali ke akarnya.**"

Lampu kami telah menjadi lebih terang daripada cinta kami.

Tahap kita telah menjadi lebih kuat daripada kesunyian kita di hadapan-Nya. Dan gereja kita, walaupun penuh, sering kelaparan rohani.

Roh Tuhan memanggil para pemimpin, pendeta, penginjil, dan orang percaya di mana-mana untuk memperlahankan — untuk menukar *tergesa-gesa dengan akar* , *kemasyhuran dengan pembentukan* , dan *gembar-gembur untuk kekudusan* .

Kita mesti berhenti melahirkan anak yatim rohani dan mula membesarkan anak lelaki dan perempuan di dalam Kerajaan.

Cermin untuk Zaman Kita

Kisah Anita bukan fiksyen — ia cermin.

Ia mencerminkan Nairobi, ya — tetapi juga Lagos, London, Manila, Mexico City, New York dan Jerusalem. Ia mencerminkan setiap persekutuan di mana tangan diangkat dalam penyembahan, tetapi hati masih melayang.

Ia bertanya kepada kami:

- Adakah kita membawa mereka kepada Yesus atau kepada diri kita sendiri?
- Adakah kita mengajar mereka suara-Nya atau hanya program kita?
- Adakah kita berjalan bersama mereka melalui kesakitan mereka, atau berkhutbah melewati air mata mereka?

Ilusi kebangkitan tanpa hubungan adalah berbahaya.

Orang ramai mungkin bersorak, tetapi Syurga mungkin masih menangis.

Yesus berkata,

"Banyak orang akan berseru kepada-Ku, 'Tuhan, Tuhan...' tetapi Aku akan berkata, 'Aku tidak pernah mengenal Engkau.'"

(Matius 7:22–23).

Ini bukan kutukan — ia adalah jemputan.

Jemputan kembali ke *kedalaman* , kepada *kemuridan* , dan ke *ambang pintu transformasi sejati.*

Detik Kenabian

Semasa saya berdoa untuk pekerjaan ini, Tuhan berfirman kepada hati saya:

"Isnin, Gereja Saya telah menguasai panggilan mezbah tetapi terlupa tindakan susulan.

Mereka melahirkan mereka tetapi membiarkan mereka berdarah. Beritahu mereka - Saya masih mengetuk."

Kemudian saya sedar bahawa kemuridan bukanlah satu strategi — ia adalah misi menyelamat.

Setiap mualaf yang tidak dididik adalah jiwa yang hanyut - satu keputusan jauh dari keputusasaan, satu soalan yang tidak terjawab daripada pergi.

Itulah sebabnya *Diselamatkan Tetapi Hilang* wujud:

Untuk menunjukkan kepada kita apa yang berlaku apabila keselamatan ditawarkan tanpa penggembalaan. Untuk menyedarkan kita kepada perintah Yesus yang terlupa - *"Gembalakan domba-domba-Ku."*

Kebangkitan Telah Bermula

Di seluruh dunia, saki-baki semakin meningkat.

Bulatan kecil di bawah pokok, di dalam bilik darjah, di rumah — orang beriman berkumpul semula, bukan untuk dilayan tetapi untuk diubah.

Dari Nairobi ke Abuja, dari Manila ke Madrid, dari São Paulo ke Seoul — hati terbuka, dan injil sebenar *berjalan bersama-Ku* kembali.

Ini adalah gerakan *yang Diselamatkan Tetapi Hilang* mewakili — panggilan untuk memperlahankan, duduk di kaki-Nya, dan berjalan di jalan-Nya.

Doa Saya untuk Anda

Semasa anda membaca, jangan tergesa-gesa. Biarkan setiap bab membaca anda kembali.

Lihat diri anda dalam Anita. Lihat pelayanan anda dalam Esther. Lihat generasi anda dalam Rut.

Dan apabila halaman terakhir dibuka, semoga kisah anda sendiri bermula - kisah berjalan dengan Yesus, satu langkah pada satu masa.

Ini bukan sekadar buku — ia adalah panggilan dari Syurga.

Roh masih berkata,

“Lihat, Aku berdiri di muka pintu dan mengetuk...”

Adakah anda akan membuka?

Dengan rahmat dan kebenaran,

Duta Isnin O. Ogbe Pengasas

Strategi Transformasi Nasional

– Kementerian Helang Tuhan (PERMATA)

🌐 www.otakada.org[1]

PROLOG SINIMATIK

“Disimpan... Tetapi Hilang”

Lukas 8:13 | Yohanes 8:31–32 | Matius 23:15

Matahari petang bersinar terang di atas Nairobi.

---

1. https://www.otakada.org

Orang ramai berkumpul di padang terbuka — sepanduk berkibar, muzik bergemuruh, dan udara menjadi hidup dengan teriakan hallelujah. Lampu pentas berkilauan dari instrumen yang digilap ketika seorang wanita melangkah ke hadapan, mikrofon di tangan — suaranya garang, semangatnya tidak dapat dibendung.

"Jika anda mahukan Yesus dalam hidup anda," dia menangis,

"marilah sekarang! Jangan tangguhkan takdir anda!"

Orang ramai meletus.

Gendang dibunyikan. Orang ramai melonjak ke arah pentas — menangis, mengangkat tangan, menggeletar di bawah emosi.

Antaranya ialah **Anita Wambui** , seorang pelajar universiti muda dengan mata yang menyelidik.

Dia telah melawan kemurungan, patah hati, dan soalan-soalan yang tidak dapat dijawab oleh kuliah. Petang itu, dia berlari ke hadapan, air mata mengalir dengan bebas.

Seorang kaunselor memeluknya sebentar, berbisik, "Selamat datang ke keluarga,"

dan beralih ke tangan seterusnya mengangkatnya. Tiada siapa yang bertanya namanya. Tiada siapa yang bertanya kisahnya.

Dia pulang ke rumah malam itu sambil menggenggam risalah kecil: *"Sekarang Anda Diselamatkan."*

Hatinya berdebar-debar dengan harapan — *mungkin kali ini berbeza.*

Tetapi sebulan kemudian, satu lagi perang salib datang.

Pendakwah yang berbeza. Panggilan yang berbeza. Orang ramai yang sama. Emosi yang sama. Dan sekali lagi, Anita berlari ke hadapan — menangis, bertaubat, berjanji semula.

"Satu lagi jiwa untuk Yesus!" jerit pendakwah.

Orang ramai bersorak. Kamera diklik. Hashtag menjadi trend.

Tiada siapa yang mengenalinya dari perang salib yang lalu.

Minggu bertukar menjadi bulan.

Lima gereja yang berbeza. Lima "keselamatan" yang berbeza. Lima panggilan mezbah yang berbeza.

Setiap kali dia diberitahu, "Anda baru sekarang - masa lalu anda telah hilang."

Tetapi masa lalunya masih mengikutinya pulang.

Malam sunyi kembali.

Nafsu mengeratkan cengkamannya. Luka lama terbuka semula. Dia berdoa, berpuasa, mengaku — namun tiada apa yang berubah.

“Mereka memberitahu saya saya dilahirkan semula...”

bisiknya pada suatu malam, merenung siling, “tetapi mengapa saya masih menangis setiap malam? Mengapa saya berasa begitu keseorangan?”

Di satu gereja, mereka mendandaninya untuk pasukan drama.

Dalam satu lagi, mereka memberinya ayat untuk dihafal. Dalam satu lagi, seorang pemimpin memberitahunya, "Berdoa lebih kuat - anda akan berasa lebih baik."

Tiada siapa yang perasan panik di sebalik senyumannya.

Tiada siapa yang melihat pertempuran di matanya.

Di sebalik pintu tertutup, dia bergelut dengan:

- **Nafsu** yang membara setiap malam sunyi.
- **Takut** yang berbisik dia tidak cukup.
- **Trauma** akibat penderaan yang dia tidak pernah beritahu sesiapa pun.
- **Gosip** yang mengasingkan dia.
- **Keraguan** bahawa Tuhan telah benar-benar menyelamatkannya.

Lima gereja.

Lima sorakan. Lima pelukan dangkal. Tetapi tidak seorang murid.

Pada suatu malam, semasa persembahan drama di gereja,

Anita pecah di belakang pentas — menggeletar, menangis tanpa kawalan.

Seorang rakan pelakon memandang, keliru.

“Ada apa?”

"Saya tidak tahu siapa saya lagi," dia menangis teresak-esak. "Saya sangat rosak di dalam."

Pelakon itu teragak-agak, kemudian berkata perlahan,

“Berdoa dalam bahasa roh, kak.”

Dia cuba -

tetapi kata-kata itu kosong .

Malam itu, ketika perkhidmatan berakhir dengan tepukan dan lampu,

Anita menyelinap keluar dari pintu sisi secara senyap - tanpa disedari, tidak kelihatan, tidak dilakukan.

Di luar, hujan mula turun.

Kebisingan orang ramai bergema samar-samar di belakangnya — pujian tanpa kehadiran, perayaan tanpa sambungan.

"Dalam kebisingan kebangkitan, dia tersesat dalam kesunyian pengabaian.

Mezbah memanggilnya - tetapi tiada siapa yang mengikuti rumahnya."

Suara Yesus (lembut, dalam):

"Anda mengumpulkan mereka dengan cepat - tetapi anda tidak pernah berjalan dengan mereka lambat.

Anda memberi mereka cahaya - tetapi bukan akar."

Ketika Anita menghilang ke dalam hujan,

di dalam gereja, skrin bersinar terang:

'Glory Path Church – 5,000 Jiwa Diselamatkan Bulan Ini!'

Tetapi kiraan Syurga menceritakan kisah lain.

"Dan Yesus berdiri di muka pintu –

mengetuk, menunggu, menangis."

Di sinilah semuanya bermula.

Kisah jiwa yang bertemu dengan Yesus lima kali —tetapi tidak pernah sekali pun bertemu dengan seorang murid.

Kisah tentang gereja yang berlari laju —

dan Juruselamat yang berdiri diam.

Kisah *diselamatkan... tetapi Hilang.*

CARA MENGGUNAKAN SIRI INI

SIRI INI ADALAH **kisah dan perjalanan kemuridan.**

Anda boleh menggunakannya sebagai:

1. ◈ **Siri Filem** – Tonton setiap satu daripada 12 episod sinematik, satu setiap minggu. Renung dan bincang menggunakan soalan dan doa yang disertakan.
2. ◈ **Buku Kebaktian** – Baca satu episod setiap minggu atau setiap hari. Renungkan tulisan suci, renungkan melalui Wawasan Duta, dan tutup dengan doa dan pengisytiharan.
3. ◈ **Kurikulum Pemuridan** – Untuk kumpulan kecil, gereja, atau kementerian. Setiap episod berakhir dengan soalan pengaktifan dan doa berkumpulan.
4. ◈ **Siri Media** – Gunakan refleksi video oleh Duta Isnin dan Comfort Ogbe sebagai ibadah mingguan di media sosial atau dalam siaran kementerian.

◈ Aliran Mingguan yang Dicadangkan

Hari	**Fokus**
Hari 1	Tonton/Baca Episod (Kisah + Kitab Suci)
Hari ke 2	Renungkan Wawasan Duta Besar
Hari ke 3	Berdoa & Isytihar
Hari 4–5	Bincang & Mohon dengan kumpulan atau keluarga anda
Hari ke 6	Melayan atau memberi kesaksian kepada seseorang menggunakan pelajaran minggu itu
Hari ke-7	Rehat & Dengar - Jurnal apa yang Tuhan katakan

Cara Mengembara dengan Pergerakan Global

SERTAI PENGANUT LAIN di seluruh dunia dengan berhubung melalui:

www.otakada.org[2]

#SavedButLostSeries **#DiscipleshipNotDecision** **#GodsEagleMinistries**

Langgan renungan mingguan oleh Duta Isnin & Comfort Ogbe .

Melalui pautan YouTube ini - https://www.youtube.com/@AmbassadorMondayogbe

Semua episod akan datang akan berada di saluran ini

Sauh Video pada pautan YouTube "Disimpan tetapi Hilang" - https://youtu.be/qjewKKJLSKQ?si=hiblhmr9O75rmmqK

Yayasan Suruhanjaya Besar

MATIUS 28:18–19 (KJV)

"Karena itu pergilah, ajarlah semua bangsa dan baptislah mereka dalam nama Bapa, dan Anak, dan Roh Kudus."

Ini bukan panggilan untuk mengira pemeluk agama - tetapi kepada negara murid.

2. **https://www.otakada.org**

PENGENALAN

Padang yang luas di bawah matahari Afrika. Tak terkira orang mengangkat tangan tanda menyerah, air mata mengalir di muka. Pendeta berteriak, "Jiwa lain diselamatkan!" Kamera berkelip. Trend hashtag.

Tetapi dalam bayang-bayang - seorang wanita muda berdiri sendiri. Matanya mencari seseorang yang akan berjalan di sebelahnya. Tiada yang datang. Namanya **Anita.**

Ini bukan fiksyen — ia cermin.

"Di seluruh benua, kami telah menyempurnakan penukaran tetapi mengabaikan penerusan.

Kami telah membina peringkat untuk membuat keputusan - tetapi beberapa meja untuk kemuridan. Kami telah memenuhi bangunan kami - namun mengosongkan hati kami."

Gereja moden bising, cepat, dan digilap. Altar memanggil banjir. Lampu menyilaukan.

Tetapi di bawah tepukan itu terdapat kepedihan senyap - iman yang tidak berakar, orang percaya yang tidak bermurid , dan jiwa yang retak.

Ramai, seperti Anita, *"diselamatkan tetapi tersesat"* - diperkenalkan kepada Yesus, tetapi tidak dijemput untuk mengembara bersama-Nya.

"Buku ini lahir daripada air mata - bukan teori.

Dalam setiap kebangkitan yang saya saksikan, saya melihat keputusan berlipat ganda tetapi murid berkurangan. Roh Kudus bertanya kepada saya satu soalan:

'Isnin, adakah mereka diselamatkan daripada dosa atau hanya dari kebosanan?'

Soalan itu menggegarkan saya - dan memulakan perjalanan ini."

"Lihat, Aku berdiri di muka pintu dan mengetuk.

Kamu membina tembok yang besar, tetapi lupa jalan ke dalam. Izinkan Aku masuk sekali lagi - bukan untuk menghitung, tetapi untuk berkomunikasi."

Dari Nairobi ke New York, São Paulo ke Seoul — berjuta-juta menyandang nama "Kristian,"

namun bergelut dengan ketagihan rahsia, trauma, dan kekeliruan tentang iman. Mereka **diperkenalkan kepada keselamatan** , bukan **dimulakan ke dalam transformasi.**

Dalam banyak gereja, penginjilan telah menggantikan hubungan.

Pertumbuhan telah menggantikan rahmat. Dan orang yang bertobat, tidak pernah berakar, hanyut dengan setiap badai.

"Buku ini bukan kutukan. Ia adalah panggilan bangun.

Ia adalah cermin kepada pendeta, peta kepada murid, dan tangisan belas kasihan dari Syurga."

Mengapa:

Disimpan Tetapi Hilang lebih daripada cerita — ia adalah cermin kenabian.

Perumpamaan sinematik zaman kita. Ia bertanya kepada kita semua: "Adakah kita benar-benar membuat murid... atau hanya membuat keputusan?" "Adakah kita berjalan bersama mereka, atau melambai kepada mereka?" "Adakah kita membina dalam, atau hanya membina luas?"

"Krisis terbesar dalam gereja bukanlah maksiat - ia adalah ketidakmatangan.

Dan satu-satunya penawar... ialah pemuridan."

Jemputan:

“Ikutlah Aku... bukan hanya ke mezbah, tetapi melalui lembah.”

"Jadi marilah - berjalan dengan Anita. Berjalan dengan Esther. Berjalan dengan Rut.

Lihat diri anda dalam perjalanan mereka. Dan apabila cerita itu tamat - bolehlah anda sendiri bermula."

Bunyi: Koir pudar; degupan jantung yang lembut; cahaya fajar di atas latar langit Nairobi.

Jemputan Pembaca:

Selepas membaca, ambil langkah seterusnya:

Sertai Perjalanan 40 Hari Bersama Yesus – Siri 1[1]

Atau gunakan pautan ini - https://www.otakada.org/get-free-40-days-online-discipleship-course-in-a-journey-with-jesus/

1. https://www.otakada.org/get-free-40-days-online-discipleship-course-in-a-journey-with-jesus/

Teruskan dengan DNA Kemuridan – Siri 2[2]

Atau gunakan pautan ini - https://www.otakada.org/get-free-40-days-dna-of-discipleship-journey-with-jesus-series-2/

Duta Isnin O. Ogbe (Penutup):

"Ini bukan sekadar cerita. Ini panggilan.

Kerana Yesus masih mengetuk...dan kali ini, Dia menyeru untuk mendapatkan akarnya."

2. https://www.otakada.org/get-free-40-days-dna-of-discipleship-journey-with-jesus-series-2/

BAB 1 - Ilusi

L*ukas 10:38–41 | Matius 23:15 | Wahyu 2:4–5*

Gereja Glory Path berkilauan seperti berlian di tengah-tengah Nairobi. Dinding kacanya menangkap cahaya matahari, menaburkannya menjadi seribu serpihan yang menari di seluruh lantai yang digilap. Udara berdengung dengan keseronokan apabila lima ribu orang menekan ke arah hadapan, suara mereka meninggi untuk menyembah di bawah kanopi lampu yang bergerak.

Pastor Esther Mwangi berdiri di mimbar — berseri-seri, memerintah, berumur 42 tahun dan penuh semangat. Khutbahnya berapi-api, panggilan altarnya terkenal. Setiap hari Ahad adalah tontonan. Tangan diangkat. Air mata mengalir. Teriakan "Haleluya!" bergema di seberang dewan. Ia adalah kebangkitan - atau begitulah nampaknya.

Di atasnya, skrin besar memaparkan slogan gereja:

"Puasa Iman: Tiada Kelewatan dalam Takdir."

Di seluruh media sosial, hashtag **#GlorySaved** menjadi trend setiap minggu. Setiap panggilan mezbah telah distrim langsung, setiap keputusan direkodkan. Jumlahnya meningkat setiap hari Ahad, dan pelayanan Esther melonjak.

Di antara orang ramai ialah seorang wanita muda — **Anita Wambui** , seorang pelajar universiti yang bermata terang dengan soalan yang terlalu mendalam untuk jawapan yang pantas. Dia telah dibesarkan dalam kesunyian dan bayang-bayang, membawa luka yang tidak dilihat oleh sesiapa pun. Apabila dia mendengar Pastor Ester berseru, "Datanglah kepada Yesus sekarang - masa lalumu berakhir hari ini!" Jantung Anita berdegup kencang. Kakinya bergerak sebelum fikirannya sempat. Dia berlari ke hadapan, air matanya mengalir, tangan diangkat.

Mereka berdoa untuknya. Kamera berkelip. Usher dikira.

"Satu lagi jiwa menang untuk Kristus!"

Tepukan gemuruh di seluruh dewan.

Anita tersenyum nipis. Buat pertama kali dalam beberapa bulan, dia berasa dilihat.

Tetapi apabila perkhidmatan itu tamat, dia mendapati dirinya sendirian lagi — tiada susulan, tiada kawan, tiada sesiapa yang bertanya kisahnya.

Seminggu kemudian, cahaya itu pudar. Kemurungan merayap kembali. Dia berdoa, menangis, bertaubat lagi - tetapi tiada apa yang berubah.

Kemudian datang satu lagi kebangkitan. Seorang pendakwah baru. Bunyi yang lebih kuat. Anita pergi lagi — berharap kali ini ia akan bertahan. Air mata yang sama, kata-kata yang sama, tepukan yang sama.

"Anda adalah ciptaan baharu!" jerit mereka.

Selama beberapa hari, dia mempercayainya.

Kemudian dia jatuh lagi - ke dalam tabiat lama, pemikiran lama, kesakitan lama.

Lima gereja kemudian, Anita telah "diselamatkan" lima kali.

Setiap kali, orang ramai baru bertepuk tangan. Setiap kali, dia diraikan — tetapi tidak pernah menjadi murid.

Tidak ada yang bertanya, "Adakah kamu memahami keselamatan?"

Tiada siapa yang berjalan bersamanya melalui trauma yang ditanggungnya dari penderaan zaman kanak-kanak. Tiada siapa yang menyedari pertempurannya dengan nafsu, kesunyian dan kecederaan diri.

Mereka memberinya pakaian baru untuk ke gereja, mengajarnya cara memetik Kitab Suci, dan menjemputnya ke pasukan drama. Tetapi di bawah permukaan, Anita terungkai.

Pada suatu hari Ahad, di belakang pentas sebelum persembahan, tangannya mula menggigil tidak dapat dikawal. Dadanya sesak. Dia tidak boleh bernafas. Air mata mengalir ketika dia berbisik kepada rakan pelakon,

"Saya tidak tahu siapa saya. Saya sangat hancur di dalam."

Gadis itu merenungnya dengan pandangan kosong.

"Berdoa dalam bahasa roh, kak."

Anita mencuba. Tetapi kata-kata itu terasa hampa.

Tepukan dari pentas berdentum lagi — tetapi di dalam, dia runtuh.

Setiap minggu, gereja meraikan nombor. Setiap bulan, statistik baharu memenuhi skrin. Jiwa diselamatkan. Pembaptisan direkodkan. Hashtag menjadi sohor kini.

Tetapi Yesus berdiri diam-diam di belakang - mengetuk.

Tiada siapa yang mendengar Dia melalui muzik.

Mereka terlalu sibuk menghitung keputusan sehingga mereka lupa untuk memupuk kebaktian.

Begitu bersemangat untuk menghasilkan buah sehingga mereka menanam di atas konkrit. Seperti Martha, mereka "terganggu dengan banyak hidangan," kehilangan suara tenang yang berkata,

"Mary telah memilih yang lebih baik."

Pada pandangan Syurga, Glory Path adalah kuat tetapi suam-suam kuku.

Ilusi yang sibuk dan indah — kebangkitan semula tanpa akar.

Dan Anita adalah mangsa senyapnya.

REFLEKSI

KITA SERING MENYAMAKAN kegembiraan dengan pertemuan, tetapi emosi bukanlah transformasi.

Gereja hari ini mesti perlahan. Panggilan mezbah bukanlah garis penamat — ia adalah titik permulaan perjalanan sepanjang hayat.

Apabila kita tergesa-gesa orang kepada keselamatan tanpa berjalan bersama mereka selepas itu, kita mencipta anak yatim rohani - orang percaya emosi tanpa asas. Musuh tidak takut keputusan; dia takut menjadi murid.

Kisah Anita bukan miliknya seorang — ia milik kita.

Berapa ramai yang datang melalui pintu kita dan pergi melalui belakang, ghaib dan tidak diberi makan? Berapa banyak air mata yang bertepuk tangan tetapi tidak pernah menjadi murid?

Kebangkitan bukanlah tentang orang ramai — ia tentang Kristus yang terbentuk dalam diri.

KUNCI AYAT

"MARTA, MARTA, ENGKAU kuatir dan bersusah payah tentang banyak perkara, tetapi satu perkara yang perlu..." — **Lukas 10:41–42**

"Kamu mengembara di darat dan di laut untuk memenangkan seorang mualaf, dan apabila kamu telah berjaya, kamu menjadikan mereka dua kali anak neraka seperti kamu." — **Matius 23:15**

"Engkau telah meninggalkan cinta pertamamu. Ingatlah ketinggian tempat engkau jatuh..." - **Wahyu 2:4-5**

CABARAN TINDAKAN

PERLAHAN.

Cari seorang minggu ini yang datang kepada Kristus — dan berjalan bersama mereka. Tanya kisah mereka. Dengarkan hati mereka. Jadilah tangan yang akan dihulurkan oleh Yesus.

Kebangkitan bermula apabila kita memilih kedalaman daripada paparan.

BAB 2 - The Knock

Wahyu 3:20 | Lukas 10:38–42 | Yohanes 10:27

Bandar Nairobi bercahaya di bawah langit petang.

Di dalam auditorium kampus, ratusan berkumpul — lampu berkelip, muzik berdenyut di dinding. Satu lagi kebangkitan. Satu lagi janji kejayaan.

Anita duduk dekat belakang, tangan dilipat, mata letih. Dia telah menangis setiap air mata yang dia boleh menangis. Di sekelilingnya, pelajar menari, menjerit, mengangkat tangan. Tetapi di dalam, dia berasa kebas.

Di bahagian hadapan, kumpulan itu bermain lebih kuat, suara-suara meninggi - "Ini adalah saat anda! Keajaiban anda! Nasib anda!"

Namun di tengah-tengah muzik, suara yang tenang dan lembut mula berbisik - samar, tetapi jelas.

"Lihat... Aku berdiri di muka pintu... dan mengetuk."

Ia ditenggelamkan oleh tepukan.

Tetapi Syurga tidak bertepuk tangan. Syurga sedang memanggil.

Kemudian, semasa sesi kesaksian, seorang wanita muda berdiri.

Dia tidak menyertai program itu. Dia tidak mempunyai gelaran. Namanya **Ruth** — seorang mentor yang pendiam dan merendah diri di kampus, lebih dikenali dengan doa daripada kehadiran di atas pentas.

Suaranya bergetar, tetapi matanya berkobar-kobar.

"Wahyu 3:15 berkata, 'Engkau tidak sejuk dan tidak panas — maka Aku akan meludahkan engkau.'"

Bilik itu menjadi sunyi.

Ada yang menjeling. Yang lain berbisik.

"Yesus sedang mengetuk," Ruth menyambung, "tetapi jalan pintas kita telah menutup Dia!"

Satu rungutan melanda orang ramai. Lampu berkelip-kelip sedikit. Malah pasukan muzik terkaku.

"Kami telah membuatnya cepat dan mencolok," kata Rut, "tetapi tidak setia.

Kami menghitung tangan, tetapi bukan hati. Kami memenuhi mezbah, tetapi bukan nyawa."

Seketika, dewan itu terasa tergantung pada waktunya. Udaranya berat — bukan dengan gembar-gembur, tetapi dengan keyakinan.

Pada jam yang sama, **Pastor Esther Mwangi** duduk di belakang pentas — dijemput sebagai pendakwah jemputan.

Dia telah tersenyum melalui perkhidmatan itu, bertepuk tangan pada kesaksian, malah berlatih khutbahnya untuk kali terakhir. Tetapi sekarang, semasa Ruth bercakap, tangannya mula menggeletar.

Satu ayat bergema dalam fikirannya - yang pernah dia khutbahkan sebelum ini tetapi tidak pernah hidup:

"Tetapi hanya satu perkara yang perlu... Mary telah memilih yang lebih baik." (Lukas 10:42)

Nadinya semakin laju. Dia menutup matanya.

Dalam penglihatan, dia melihat gerejanya sendiri - orang ramai bersorak, tangan diangkat, wajah bersinar di bawah lampu sorot. Tetapi kemudian, satu demi satu, wajah pudar. Lampu malap. Pentas retak.

Dan di belakangnya, dia melihat pintu -

dan tangan, mengetuk.

Selepas kebaktian, Ruth mengemas Biblenya secara senyap-senyap dan meninggalkan dewan. Anita mengekorinya dari jauh. Dia mahu bercakap — untuk bertanya sesuatu — tetapi tidak dapat mencari perkataan.

Pada masa yang sama, di bilik hotelnya di seberang bandar, Pastor Esther duduk bersendirian dalam diam.

Tiada koir. Tiada kamera. Tiada tepukan.

Dia berbisik, hampir menggeletar,

"Tuhan... adakah semuanya sia-sia?"

Tiada jawapan yang datang - hanya ayat yang sama:

"Mary telah memilih yang lebih baik."

Buat pertama kali dalam beberapa tahun, Esther menangis — bukan untuk orang ramai, tetapi untuk dirinya sendiri.

Ilusi itu telah retak.

Tepukan telah menjadi senyap. Dan Syurga mengetuk.

Bukan untuk mengutuk - tetapi untuk masuk.

REFLEKSI

SETIAP KEBANGKITAN mencapai saat apabila Syurga mengganggu. Apabila Tuhan mengecilkan suara kita supaya kita dapat mendengar bisikanNya.

Seperti Esther, ramai pemimpin hari ini ikhlas — bersemangat, berkuasa, dan penuh semangat. Tetapi semangat tanpa kedalaman menghasilkan bunyi tanpa transformasi. Gereja mesti mencari semula **suara di sebalik kelantangan** - bisikan di sebalik penyembahan.

Apabila Yesus mengetuk, Dia tidak mencari pentas — Dia sedang mencari tempat duduk di meja.

Bahaya terbesar kita bukanlah dosa, tetapi penggantian - melakukan perkara yang baik dan bukannya perkara Tuhan.

Dia mengetuk lagi - bukan untuk nombor kami, tetapi untuk kedekatan kami.

KUNCI AYAT

"LIHAT, AKU BERDIRI di muka pintu dan mengetuk. Jikalau sesiapa mendengar suara-Ku dan membuka pintu, Aku akan masuk dan makan bersama-sama dia, dan dia bersama-sama Aku." — **Wahyu 3:20**

"Domba-domba-Ku mendengar suara-Ku, dan Aku mengenal mereka, dan mereka mengikut Aku." — **Yohanes 10:27**

"Maria telah memilih yang lebih baik, dan itu tidak akan diambil daripadanya." — **Lukas 10:42**

CABARAN TINDAKAN

SEBELUM BERCAKAP UNTUK Tuhan, duduk bersama-Nya.

Sebelum membina rumah-Nya, biarlah Dia membina hati anda. Berhenti sebentar minggu ini dan bertanya,

"Tuhan, adakah saya mengetuk lebih kuat daripada-Mu?"

Kemudian dengar. Dia masih bercakap.

Dia masih mengetuk.

BAB 3 - Krisis

M*atius 23:15 | Wahyu 3:16 | Yohanes 15:8*

Pagi selepas kebangkitan, bandar terbangun untuk hujan.

Jalan-jalan di Nairobi berkilauan di bawah awan kelabu, dan bau tanah basah memenuhi udara. Di sebuah kafe kecil berhampiran universiti, Anita duduk bersendirian, jari-jemari menggeletar di atas papan kekunci komputer ribanya. Kopinya telah menjadi sejuk. Matanya bengkak kerana menangis.

Selama beberapa hari, dia telah memainkan semula kata-kata Ruth:

"Yesus sedang mengetuk... tetapi jalan pintasmu telah menutup Dia."

Setiap suku kata dipotong dalam - bukan di gereja, tetapi di hatinya sendiri.

Dia telah menjalani jalan pintas itu. Dia telah menjadi mangsa tergesa-gesa itu.

Jadi, dia mula menulis.

Kata-katanya dicurahkan seperti pengakuan - mentah, menggeletar, benar:

"Saya menyerahkan hidup saya kepada Kristus,

tetapi tidak ada yang membantu saya menjalaninya. Saya menangis di mezbah, tetapi tidak ada yang berjalan di sebelah saya. Saya diraikan, tetapi tidak pernah menggembalakan. Mereka memberitahu saya untuk menjerit kemenangan, sementara saya diam-diam tenggelam dalam dosa."

Dia berhenti seketika, air matanya jatuh ke papan kekunci.

Kemudian dia menulis tajuk:

Disimpan Tetapi Dilupakan .

Dia menekan *publish* .

Dalam beberapa jam, kisahnya tersebar.

Mula-mula melalui kumpulan WhatsApp, kemudian forum gereja, kemudian di seluruh negara. Menjelang matahari terbenam, #SavedButForgotten menjadi trend di seluruh Kenya. Menjelang pagi, ia sampai ke Uganda, Ghana dan Afrika Selatan.

Pastor berkongsinya — sesetengah dalam kemarahan, yang lain dalam diam.

Orang muda beriman menyiarkannya semula, berbisik,

"Itu saya."

Ada yang mengejeknya, mengatakan dia derhaka.

Yang lain menangis - kerana mereka melihat bayangan mereka dalam kesakitannya.

Di Gereja Glory Path, kakitangan berkerumun dalam kekeliruan.

Telefon berdengung, peti masuk penuh.

Seseorang mencetak blog itu dan meletakkannya di atas meja Pastor Esther.

Dia membaca baris pertama sekali. Kemudian dua kali.

Kemudian dia berhenti bernafas.

"Saya menyerahkan hidup saya kepada Kristus... tetapi tiada siapa yang menolong saya menjalaninya."

Hatinya berdegup kencang.

Suara yang sama dari kesaksian Rut kembali:

"Anda tidak sejuk dan tidak panas..."

Dia cuba berdoa - tetapi air mata datang sebaliknya.

Pembantunya bergegas masuk:

"Pastor, kami memerlukan kenyataan akhbar!"

Ester berbisik, hampir tidak kedengaran,

"Tidak. Kita perlukan taubat."

Di seberang Nairobi, sauh TV membahaskan siaran itu.

"Adakah Gereja telah gagal pada generasi seterusnya?" seorang bertanya. Pemanggil membanjiri cerita — mualaf yang patah, lebam, senyap.

Di sebuah asrama, pelajar mengadakan vigil, membaca kata-kata Anita dengan kuat.

Dalam satu lagi, mereka memulakan kumpulan WhatsApp bertajuk *'The Forgotten Flock'*.

Apa yang bermula sebagai satu pengakuan menjadi gerakan.

Dan Syurga sedang memerhati.

Malam itu, Pastor Esther duduk bersendirian di pejabatnya.

Lampu dimatikan. Kebisingan di luar telah pudar. Di atas mejanya terletak sebuah Bible yang terbuka, dan matanya tertumpu pada ayat yang tidak pernah dia perhatikan sebelum ini:

"Kamu mengembara di darat dan di laut untuk memenangi seorang mualaf, dan apabila kamu telah berjaya, kamu menjadikan mereka anak neraka dua kali ganda daripada kamu." — Matius 23:15

Dia menangis - bukan kerana rasa bersalah, tetapi kesedihan.

Selama bertahun-tahun, dia fikir dia sedang membina kerajaan Tuhan. Kini dia melihat dia telah membina statistik.

Satu ayat berbisik lagi dalam hatinya:

"Kerana awak suam - tidak panas atau sejuk - saya akan meludahkan awak." (Wahyu 3:16)

Ester jatuh melutut.

"Tuhan," dia berseru, "ajar saya cara berjalan semula."

Keesokan harinya, dia masuk ke asrama kecil pengajian Bible di kampus.

Tiada lampu. Tiada pentas. Tiada slogan. Hanya sekumpulan pelajar membaca senyap di sekeliling meja usang.

Di antara mereka ialah Ruth — dan di sebelahnya, Anita.

Ester berdiri di depan pintu, gemetar.

Ruth mendongak, terkejut. Anita terkaku, tidak pasti.

Tetapi Esther tersenyum dalam tangisan.

“Boleh saya sertai awak?”

Bilik itu menjadi senyap. Kemudian Anita mengangguk.

Malam itu, buat pertama kali dalam beberapa tahun, Esther duduk - bukan sebagai pendakwah, tetapi sebagai murid.

Mereka membaca Kitab Suci bersama-sama. Mereka berdoa. Mereka menangis.

Dan di dalam bilik kecil itu, sesuatu yang telah lama ditunggu oleh Syurga mula berkembang -

kemuridan.

REFLEKSI

SETIAP REFORMASI BERMULA dengan pengakuan.

Blog Anita bukan pemberontakan — ia adalah wahyu. Apabila kebenaran bangkit, kebanggaan jatuh.

Kita mesti belajar untuk mendengar tangisan di bawah kritikan.

Kadang-kadang Tuhan menggunakan orang yang terluka untuk menyedarkan orang yang terkenal. Kerendahan hati Ester adalah yang mengubah krisis menjadi pembaharuan.

Dalam zaman platform dan program kita, semoga kita tidak pernah lupa bahawa kebenaran tidak takut kepada pendedahan — ia disucikan olehnya.

Apabila Gereja berhenti mempertahankan dirinya dan mula memuridkan orang lain, kebangkitan akan berhenti menjadi slogan dan menjadi cara hidup.

KUNCI AYAT

"KAMU MENGEMBARA DI darat dan di laut untuk memenangi seorang mualaf, dan apabila kamu telah berjaya, kamu menjadikan mereka anak neraka dua kali ganda daripada kamu." — **Matius 23:15**

"Kerana awak suam - tidak panas atau sejuk - saya akan meludahkan awak." — **Wahyu 3:16**

"Inilah kemuliaan Bapa-Ku, yaitu bahwa kamu berbuah banyak dan menyatakan dirimu sebagai murid-Ku." — **Yohanes 15:8**

CABARAN TINDAKAN

APABILA KEBENARAN BERHADAPAN dengan anda, jangan bersembunyi - rendahkan diri anda.

Tanya Roh:

"Di manakah saya meraikan keputusan lebih daripada kemuridan?"

Biarkan pengakuan menjadi bilik darjah anda.

Kebangkitan bermula di mana alasan berakhir.

BAB 4 - Sisa

L*ukas 10:42 | Yesaya 58:12 | Yohanes 21:15–17*

Ahad berikutnya, Gereja Glory Path adalah luar biasa sunyi.

Tempat letak kereta yang dahulunya melimpah, kini berdiri separuh kosong. Skrin LED yang besar tidak lagi memancarkan statistik; lampu pentas dimalapkan.

Pastor Esther Mwangi berdiri di atas mimbar, gemetar. Hilang keyakinan biasa dia. Tiada jubah berjenama, tiada gerak isyarat yang dilatih. Hanya kesederhanaan - dan keikhlasan.

Dia memandang wajah-wajah di hadapannya — lebih sedikit daripada yang dia ingat, tetapi lebih nyata daripada sebelumnya. Ramai yang datang kerana ingin tahu. Yang lain datang dalam keadaan marah, masih terluka dengan kata-kata Anita. Beberapa orang datang mengharapkan jawapan.

Esther menarik nafas panjang, suaranya pecah ketika dia memulakan.

"Kami telah mengecewakan Yesus."

Kata-kata itu tergantung berat di udara.

Satu rungutan menyapu seluruh dewan. Ada yang menundukkan kepala. Yang lain terkaku, tidak pasti bagaimana untuk bertindak balas.

"Kami mengira tangan tetapi bukan hati," sambungnya.

"Kami memenuhi mezbah tetapi tidak hidup. Kami menghitung buah yang tidak pernah tumbuh."

Matanya bersinar-sinar.

"Saya lebih mementingkan hashtag daripada kekudusan. Lebih ghairah tentang trend daripada transformasi.

Tetapi Yesus... sedang memanggil kita kembali."

Esak tangis halus bergema entah dari mana di kalangan orang ramai.

"Tiada lagi jalan pintas," bisiknya. "Tiada lagi tanah cetek.

Kami tidak akan berlari sepantas ini lagi. Kami akan berjalan perlahan - bersama Yesus."

Dia menutup matanya dan mengangkat tangannya.

"Tuhan, ampunilah kami."

senyap.

Kemudian - perlahan - seorang mula bertepuk tangan.

Itu adalah Ruth.

Dia berdiri dekat belakang, air mata mengalir di pipinya. Tangannya bergerak secara berirama, dengan penuh hormat - bukan memuji seorang wanita, tetapi kebenaran.

Yang lain turut serta. Kemudian bilik itu dipenuhi dengan tepukan lembut - bukan gembar-gembur, tetapi penyembuhan.

Hari itu menandakan titik perubahan.

Esther membatalkan semua perang salib yang akan datang. Sepanduk diturunkan. Skrin menjadi hitam.

Sebaliknya, dia mengumpulkan mereka yang masih kekal - seribu hati yang setia - dan bertemu mereka di taman awam di Nairobi.

Tiada mikrofon. Tiada slogan. Buka sahaja Bible, buka hati, dan buka tanah.

Rumput itu basah dengan embun. Langit berkilauan dengan cahaya baru.

Ester berdiri di hadapan mereka dan berkata,

"Mulai hari ini, kami tidak akan berkembang luas - kami akan berkembang lebih dalam."

Dia menoleh ke arah Ruth dan Anita.

"Anda akan membantu saya membina semula - bukan sebuah empayar, tetapi sebuah keluarga."

Ruth mengangguk. Air mata Anita bergenang.

Buat pertama kali dalam beberapa tahun, dia berasa dilihat — bukan sebagai nombor, tetapi nama.

Pada minggu-minggu berikutnya, kumpulan kecil terbentuk di seluruh bandar.

Ada yang bertemu di bawah pokok, yang lain di ruang tamu, beberapa di kafe atau dewan sekolah. Setiap bulatan adalah mudah: membaca, berdoa, berkongsi, memohon.

Mereka memanggil mereka **"The Way Circles."**

Setiap orang beriman baru dipasangkan dengan seorang mentor. Setiap mentor mempunyai panduan. Setiap perhimpunan dimulakan dengan pengisytiharan ini:

"Kami bukan mualaf – kami adalah murid."

Anita mula memimpin sekumpulan kecil gadis remaja dari universitinya.

Rut mengembara ke kawasan kumuh berdekatan, mengajar ibu cara belajar Kitab Suci.

Ester melatih pemimpin muda dalam seni mendengar sebelum bercakap.

Perlahan-lahan, sesuatu mula beralih.

Tiada lagi tepukan gemuruh, tiada hashteg sohor kini — hanya kehidupan yang berubah secara senyap-senyap.

Seorang wanita muda, pernah membunuh diri, berkongsi kisahnya dan tersenyum buat kali pertama dalam beberapa bulan.

Seorang budak lelaki yang pernah mengejek doa mula memimpin rakan-rakannya dalam ibadah harian. Seorang lelaki yang lebih tua, terasing daripada keluarganya, berdamai dengan isterinya selepas sesi pengampunan tentang pengampunan.

Syurga tersenyum lagi.

Pada suatu petang, ketika matahari terbenam, Esther berdiri di pinggir taman memerhatikan bulatan.

Alkitab terbuka, tangan bercantum, hati hidup. Air mata memenuhi matanya.

Suara lembut berbisik di dalam:

"Mary telah memilih yang lebih baik."

Esther mengangguk perlahan.

"Ya, Tuhan. Kami tidak akan berlari melewati Engkau lagi."

Ilusi itu hilang.

Apa yang tinggal... ialah yang **tinggal** .

REFLEKSI

SETIAP LANGKAH TUHAN yang sebenar bermula dengan kehancuran. Apabila gembar-gembur pudar dan kerendahan hati meningkat , Yesus naik ke pentas semula.

Pertobatan Pastor Ester bukanlah kelemahan — ia adalah kebijaksanaan. Syurga tidak pernah membina kesombongan; ia dibina atas penyerahan.

Sisanya tidak ramai — mereka yang tinggal apabila orang ramai pergi.

Mereka tidak lantang, tetapi setia. Tidak terkenal, tetapi setia.

Kita hidup dalam masa apabila Gereja mesti menemui semula panggilannya - bukan untuk melaksanakan, tetapi untuk **membentuk Kristus** dalam manusia.

Pemuridan tidak menjadi trend. Ia berubah.

KUNCI AYAT

"MARIA TELAH MEMILIH yang lebih baik, dan itu tidak akan diambil daripadanya." — **Lukas 10:42**

"Umatmu akan membina semula puing-puing purba dan meninggikan fondasi-fondasi yang lama; kamu akan dipanggil Pembaikan Tembok yang Rusak, Pemulih Jalan dengan Tempat Tinggal." — **Yesaya 58:12**

"Berikanlah domba-domba-Ku." — **Yohanes 21:17**

CABARAN TINDAKAN

JANGAN KEJAR ORANG ramai - kejar Kristus.

Tanya diri anda:

"Siapa yang Tuhan panggil saya untuk berjalan bersama?"

Cari satu, beri makan, murid satu.

Bukan saiz peringkat anda yang penting — tetapi kedalaman ketaatan anda.

BAB 5 - Akar, Bukan Tergesa-gesa

K*olose 2:6–7 | Yohanes 15:5 | Lukas 8:15*

Minggu berlalu sejak pagi itu di taman.

Nairobi masih sibuk dengan ceramah tentang transformasi Glory Path. Tetapi di dalam sisa itu, sesuatu yang lebih senyap — dan lebih dalam — sedang berkembang.

Bulatan itu bertambah banyak.

Rumah menjadi bilik darjah rahmat.Taman menjadi tempat perlindungan.Meja dapur bertukar menjadi mimbar.

Tiada poster, tiada program — hanya kehadiran.

Setiap kumpulan bermula dengan cara yang sama:

"Apa khabar sebenarnya?"

Air mata sering datang sebelum testimoni.

Timbul cerita yang pernah berselindung di sebalik pakaian gereja.

Seorang ibu muda mengaku,

"Saya tidak tahu bagaimana untuk berdoa lagi."

Seorang lelaki tua berkata,

"Saya telah berada di gereja selama dua puluh tahun, tetapi saya tidak pernah mempunyai kawan."

Tiada siapa yang menilai. Tiada siapa yang tergesa-gesa. Mereka mendengar. Mereka berdoa. Mereka tinggal.

Ini bukan lagi tentang orang ramai — ia mengenai **komuniti** .

Dalam satu kumpulan di bawah pokok akasia, **Anita** duduk bersama tiga remaja perempuan dari universitinya.

Mereka membuka Injil Yohanes, membaca perlahan-lahan.

"Di dalam Dia ada hidup, dan hidup itu adalah terang manusia..."

Anita berhenti seketika, suaranya bergetar.

"Cahaya itu menemui saya dalam malam saya yang paling gelap."

Salah seorang gadis itu berbisik,

"Saya tidak pernah membaca Bible dengan kuat sebelum ini."

Anita tersenyum lembut.

"Maka hari ini adalah langkah pertama anda."

Mereka ketawa, mereka menangis, mereka berdoa - bukan untuk membuat persembahan, tetapi untuk menjadi milik.

Di tempat lain, **Ruth** mengetuai bulatan bimbingan untuk ibu muda di kawasan setinggan Kibera.

Setiap minggu, mereka mempelajari satu kisah dari Kitab Suci dan satu kisah dari kehidupan.

Dia akan berkata,

"Kemuridan bukan tentang melarikan diri daripada perjuangan anda — ia tentang menjemput Yesus ke dalamnya."

Para wanita mula berdoa untuk satu sama lain.

Mereka memulakan kumpulan simpanan kecil, berkongsi makanan, menjaga anak masing-masing.

Iman tidak lagi hanya dikhotbahkan - ia diamalkan.

Di tengah-tengah semua itu, **Pastor Esther** duduk bersama segelintir pemimpin muda.

Dia telah menukar mikrofon untuk seketika. Daripada khutbah, dia bertanya soalan.

"Apakah yang Yesus ajarkan kepada anda minggu ini?"

Mereka bercakap tentang pengampunan, kesabaran, dan belajar untuk mendengar.

Seorang menulis di papan tulis:

"Kemuridan = Hubungan + Tanggungjawab."

Esther mengangguk.

"Ya. Kami berhenti mengejar mualaf - dan mula memupuk watak."

Dia tersenyum.

"Kami sangat biasa berlari, tetapi kini kami belajar untuk kekal."

Di sudut kecil taman itu, seorang mualaf baru bernama **David** mula menulis jurnal setiap hari.

Tulisan tangannya goyah tetapi jujur:

"Hari 1 — Saya sedang belajar untuk disayangi."

"Hari ke-7 - saya memberitahu kebenaran buat kali pertama." "Hari ke-30 - saya memaafkan ayah saya."

Transformasi tidak lagi diukur dengan nombor — tetapi dengan nama.

Di seberang Nairobi, keajaiban tenang berakar umbi.

Seorang balu menerima pelawat buat kali pertama dalam beberapa tahun. Seorang penjual jalanan memulakan solat subuh bersama pelanggan. Seorang pengetua sekolah mula memberi tunjuk ajar kepada guru-gurunya.

Tiada satu pun yang menjadi viral. Tiada satu pun daripadanya menjadi tajuk utama.

Tetapi dalam lejar Syurga, kebangkitan sedang berkembang di bawah tanah.

Pada suatu petang, Esther melihat ke seberang taman dan melihat ratusan bulatan —

membaca, berdoa, ketawa, menangis.

Dia berbisik,

"Tuhan, beginilah cara Engkau membina."

Satu suara menjawab dengan lembut,

"Bukan menara - tetapi meja. Bukan tergesa-gesa - tetapi akar."

REFLEKSI

GEREJA MODEN SUKAKAN kelajuan — perkhidmatan pantas, pertumbuhan pantas, kejayaan pantas.

Tetapi Kerajaan berkembang dalam musim, bukan saat.

Yesus tidak pernah tergesa-gesa murid-murid-Nya. Dia berjalan bersama mereka, makan bersama mereka, membetulkan mereka, dan menunggu semasa mereka belajar.

Buah sejati memerlukan masa.

Akar tidak kelihatan, tetapi ia memegang segala-galanya di atas tanah.

Jika anda tumbuh dengan cepat tanpa tumbuh dalam, ribut akan mencabut anda.

Sudah tiba masanya untuk mengukur kementerian mengikut **kedalaman, bukan jarak.**

KUNCI AYAT

"JADI, SAMA SEPERTI kamu telah menerima Kristus Yesus sebagai Tuhan, hendaklah kamu tetap hidup di dalam Dia, berakar dan dibangun di dalam Dia..." — **Kolose 2:6–7**

"Akulah pokok anggur, kamu adalah ranting-rantingnya. Jika kamu tinggal di dalam Aku dan Aku di dalam kamu, kamu akan berbuah banyak..." — **Yohanes 15:5**

"Benih di tanah yang baik ialah mereka yang berhati mulia dan baik, yang mendengar firman, memeliharanya, dan dengan tekun menghasilkan buah." — **Lukas 8:15**

CABARAN TINDAKAN

JANGAN TERGESA-GESA pertumbuhan anda - siram akar anda.

Ambil satu petikan minggu ini dan kekal dengannya. Biarkan ia membaca anda, bukan hanya memberitahu anda.

Tanya diri anda setiap hari:

"Adakah saya semakin mendalam, atau lebih kuat?"

Kerana Syurga meraikan akar - bukan tergesa-gesa.

BAB 6 - Riak

K*isah 1:8 | Yesaya 60:22 | Matius 13:33*

Ia bermula dari kecil — segelintir penganut bertemu di bawah pokok, di asrama, dan di sekitar meja makan.

Namun seperti setitik hujan yang melanda air yang masih mengalir, pergerakan itu mula beralun.

Seorang guru di sekolah menengah tempatan menyertai salah satu kalangan.

Setiap pagi, dia berdoa dengan tenang sebelum kelas,

"Tuhan, jadikanlah aku murid yang berlipat ganda."

Pada suatu petang, seorang pelajar menangkapnya membaca buku John.

"Cik, awak belajar apa?"

Dia tersenyum.

"Bukan apa - Siapa."

Menjelang akhir bulan, pelajar itu telah mengumpulkan sepuluh orang rakan untuk memulakan bulatan kecil di belakang makmal sains.

Tiada slogan, tiada sorotan — hanya Kitab Suci, keikhlasan, dan lagu yang dibisikkan dalam nafas.

Tidak lama kemudian, guru dari sekolah jiran mula memanggil:

"Bolehkah anda menunjukkan kepada kami cara untuk memulakannya juga?"

Riak semakin melebar.

Di pasaran, seorang usahawan muda bernama Peter menutup kedai elektroniknya awal setiap Khamis.

Jiran-jirannya ketawa.

"Perniagaan sedang berkembang pesat — kenapa tutup awal?"

Dia menjawab,

"Kerana saya telah belajar bahawa memberi makan jiwa mengekalkan lebih daripada menjual skrin."

Dia mengumpulkan rakan pemilik kedai untuk mempelajari Amsal, dan kumpulan WhatsApp mereka menjadi talian hayat bagi keluarga yang bergelut.

Pada suatu petang, seorang muslimah dari gerai berdekatan turut serta secara senyap-senyap.

Menjelang minggu keempat, dia berbisik sambil menangis,

"Yesus ini mendengar apabila saya bercakap."

Kerajaan itu maju — bukan melalui pengkhotbah, tetapi melalui manusia.

Di universiti, kumpulan Anita telah berkembang terlalu besar untuk bilik darjah.

Dia membahagikan mereka kepada bulatan yang lebih kecil — masing-masing diketuai oleh seorang bekas yang ragu-ragu. Seorang budak lelaki yang pernah mengejek imannya kini memimpin solat di bawah pokok yang pernah dia menangis di bawahnya.

"Kami bukan mualaf," Anita memberitahu mereka, "kami adalah sahabat Kristus."

Mereka mula berkhidmat di hospital, memberi tunjuk ajar kepada kanak-kanak jalanan, dan melawat orang tua.

Seorang gadis, sembuh dari fikiran membunuh diri, memulakan kementerian surat - menulis nota galakan tanpa nama di seluruh kampus.

Setiap nota berakhir dengan:

"Anda dilihat. Anda disayangi. Anda tidak dilupakan."

Sementara itu, Pastor Esther mengembara dengan tenang — bukan untuk berkhotbah, tetapi untuk menanam.

Dia bertemu dengan pemimpin gereja kecil di seluruh Nairobi, melatih mereka untuk beralih dari *pertunjukan Ahad* ke *langkah harian.*

Pada suatu petang, di perhimpunan pastor, dia berkongsi:

"Kami pernah mengejar kebangkitan - kini kebangkitan berjalan bersama kami."

Seorang uskup berdiri, air mata memenuhi matanya.

"Kami membina bangunan. Anda membina orang yang beriman."

Tidak lama kemudian, dua puluh gereja membentuk apa yang mereka panggil **"The Way Network."**

Masing-masing berikrar untuk berhenti mengira kehadiran — dan mula mengukur transformasi.

Moto mereka:

"Tidak ramai, tetapi matang."

Riak itu sampai ke media.

Seorang wartawan bebas, ingin tahu tentang transformasi, melawat salah satu bulatan taman. Dia menjangkakan huru-hara - sebaliknya, dia mendapati tenang.

"Ini bukan agama," dia kemudian menulis. "Ia adalah pemulihan."

Artikelnya menjadi viral — tetapi tidak seperti blog pertama Anita.

Kali ini, tajuknya berbunyi:

'Revolusi Tenang Kenya: Pergerakan Pengmuridan Mengubah Kehidupan.'

Di seberang benua, orang lain mula perasan.

Seorang paderi di Ghana menulis bertanya,

"Bolehkah anda melatih belia kami dalam The Way Circles?"

Seorang mubaligh di Afrika Selatan berkata,

"Kami telah mengira mualaf — kini kami mahu mengira watak."

Malah para pemimpin di Eropah menghantar pertanyaan, haus akan kepercayaan yang dirasakan hidup semula.

Api yang bermula dalam pertobatan kini mereformasi Gereja.

Dan bisikan Yesus bergema lagi:

"Yang kecil akan menjadi seribu,

dan yang kecil menjadi bangsa yang kuat."

Pada suatu malam, Anita berdiri di tepi sungai bersama Rut dan Ester.

Mereka memerhatikan lampu kota memantulkan air — tenang, berkilauan, tidak berkesudahan.

Ruth tersenyum,

"Adakah anda melihatnya? Riaknya?"

Anita mengangguk, matanya berkabut.

"Kami fikir kami gagal, tetapi Dia sedang membina selama ini."

Ester berbisik,

"Rahmat membina semula apa yang dipecahkan oleh rasa bersalah."

Angin lembut menyapu mereka.

Di suatu tempat di kejauhan, loceng gereja berbunyi.

Dan Syurga tersenyum.

REFLEKSI

APABILA SESEORANG PATUH secara mendalam, banyak kehidupan berubah secara senyap-senyap.

Kesakitan Anita menjadi landasan. Pertaubatan Ester menjadi kebangkitan. Kesetiaan Ruth menjadi kerangka.

Beginilah cara Kerajaan berkembang — satu meja pada satu masa.

Tiada pemasaran, tiada manipulasi — hanya pergerakan oleh Roh.

Kita mesti berhenti menunggu perang salib besar-besaran untuk memulakan transformasi.

Setiap perbualan boleh menjadi bulatan. Setiap rumah boleh menjadi rumah penyembuhan. Setiap orang yang beriman boleh menjadi jambatan.

Riak ketaatan akan sentiasa mengatasi gelombang keterujaan.

KUNCI AYAT

"KAMU AKAN MENERIMA kuasa apabila Roh Kudus turun ke atas kamu, dan kamu akan menjadi saksi-Ku... sampai ke ujung bumi." — **Kisah 1:8**

"Yang kecil akan menjadi seribu, yang kecil menjadi bangsa yang kuat. Aku, Tuhan, akan melakukan ini dengan cepat." — **Yesaya 60:22**

"Kerajaan Syurga adalah seperti ragi... diolah ke dalam semua doh sehingga tersebar ke seluruh." — **Matius 13:33**

CABARAN TINDAKAN

JANGAN MEMANDANG RENDAH ketaatan yang kecil.

Tanya diri anda:

"Di manakah saya boleh memulakan riak minggu ini?"

Di meja anda? Di pejabat anda? Di jalan anda?

Satu kehidupan yang disentuh secara mendalam akan menyentuh sepuluh lagi.

Begitulah cara Yesus mengubah dunia—bukan dengan paksaan, tetapi dengan kesetiaan.

BAB 7 - Duta Besar

2 *Korintus 5:20 | Matius 5:14–16 | Yesaya 61:4*

Ia bermula dengan senyap - seperti yang dilakukan oleh kebanyakan revolusi.

Tiada pengumuman, tiada sepanduk acara, tiada lampu pentas.

Hanya sekumpulan orang percaya biasa - terlatih dalam cinta, berakar pada kebenaran - mula melangkah ke tempat yang pernah mereka elakkan.

Mereka menamakan diri mereka "**The Ambassadors of The Way.**"

Bukan kerana mereka fasih, tetapi kerana mereka telah **dihantar** .

Scene One: The Shift

ANITA DUDUK DI RUANG tamunya yang kecil, kini dipenuhi dengan kerusi usang dan gelak tawa yang hangat.

Gadis-gadis yang pernah menjadi muridnya di bawah pokok kini memimpin kumpulan mereka sendiri.

Seorang, seorang jururawat, telah memulakan perhimpunan mingguan di kantin hospital -

di mana mereka berdoa untuk keluarga pesakit dan menyanyi dengan perlahan di antara syif.

Seorang lagi, seorang peguam, mula menganjurkan sesi awal pagi dengan profesional muda —

membaca Kitab Suci sebelum menuju ke bilik mahkamah.

“Kami bukan sahaja diselamatkan untuk terus hidup,” kata Anita sambil tersenyum, “kami dihantar untuk bersinar.”

Gadis-gadis itu mengangguk.

Setiap orang membawa api secara berbeza, tetapi mereka semua membawanya dengan setia.

Adegan Kedua: Suruhanjaya Esther

DI DALAM BILIK PERSIDANGAN Nairobi yang kecil, Pastor Esther berucap kepada dua puluh pastor muda.

Lampu LED dan risalah berkilat hilang.

Sekarang dia berdiri dengan apa-apa selain papan putih dan Alkitab, menulis tiga perkataan:

"Kedalaman. Cinta. Pendaraban."

"Jika pelayananmu berakhir dengan kamu," katanya,

"maka kamu tidak pernah membina Kerajaan-Nya — hanya milikmu."

Kesunyian melanda bilik itu.

Dia menyambung,

"Yesus tidak berkata, 'Pergi dan bertambahlah pengikut.'

Dia berkata, 'Pergilah dan jadikan murid-murid.' Murid-murid yang menjadi duta."

Seorang pemuda mengangkat tangannya.

"Bagaimana kita menghantar duta?"

Ester tersenyum.

"Kami tidak menghantar - kami menyerah. Dia menghantar mereka."

Dan itu menjadi rentak baharu mereka —

kurang kawalan, lebih banyak komisen.

Adegan Ketiga: Tujuh Gunung

RIAK MULA MENYENTUH **pendidikan** , **media** , **perniagaan** , **kerajaan** , **keluarga** , **seni** dan **agama** .

- Seorang wartawan yang pernah terkenal dengan sensasi mula menghasilkan dokumentari pendek tentang reformis yang tenang.
- Seorang guru menyemak semula kurikulumnya untuk mengajar belas kasihan di samping matematik.
- Pereka fesyen tempatan memulakan barisan bernama *Grace Woven* — menggaji bekas banduan untuk memulihkan maruah melalui reka bentuk.
- Seorang pegawai polis, dibimbing dalam The Way, mula berdoa

bersama pasukan perondanya sebelum setiap syif.

Ia bukan sebuah organisasi — ia adalah **organisma** .

Hidup, bernafas, membiak.

Masing-masing menjadi duta — mewakili Syurga dalam domain harian mereka.

Scene Empat: The Continental Connection

E-MEL MULA DATANG DARI Ghana, Uganda dan Afrika Selatan.

Mesej tiba dari Brazil, Filipina, dan juga Rusia.

"Kami menonton blog... siri... ceritanya."

"Bolehkah kita menyertai The Way?"

Tidak lama kemudian, Way Circles kecil muncul merentas bahasa —

Swahili di Kenya, Sepanyol di Peru, Tagalog di Manila, Rusia di Moscow.

Mereka semua mengikuti irama mudah yang sama:

Perkataan - bacalah.

Berjalan - jalani.

Saksikan - kongsikannya.

Dan di seluruh dunia, orang mula mengulangi frasa:

"Jangan hanya percaya - menjadi."

Adegan Kelima: Kedutaan Syurga

BEBERAPA BULAN KEMUDIAN, di Nairobi, satu perhimpunan telah diadakan.

Tiada perang salib — hanya persekutuan. Wakil dari dua belas negara bertemu di bawah satu bumbung.

Pastor Esther, Ruth, Anita, dan pasukan yang semakin meningkat berdiri di hadapan mereka — bukan sebagai selebriti, tetapi sebagai pelayan.

Rut membuka pertemuan itu, membaca dari **2 Korintus 5:20** :

"Oleh itu, kami adalah duta-duta Kristus – seolah-olah Allah memohon melalui kami."

Air mata memenuhi ruangan itu.

Anita melangkah ke hadapan dan berbisik,

"Kami telah diselamatkan lima kali... tetapi ditemui sekali."

Dewan menjadi senyap.

Kemudian tepukan gemuruh — bukan untuk menghormati mereka, tetapi untuk meraikan **apa yang boleh dibina semula oleh rahmat** .

Scene Enam: The Global Send-Off

MEREKA MENGAKHIRI PERHIMPUNAN itu dengan doa pentauliahan.

Satu demi satu, tangan diletakkan - bukan untuk memberi kemasyhuran, tetapi kesetiaan.

"Pergilah ke kota-kotamu...

bilik lembagamu...rumahmu...dan hatimu...dan bina murid – bukan hiasan."

Doa itu diakhiri dengan kata-kata dari Yesus:

"Kamu adalah terang dunia.

Kota yang terletak di atas bukit tidak dapat disembunyikan."

Dan apabila muzik meningkat,

anda hampir dapat mendengar Syurga berbisik:

"Gereja telah meninggalkan bangunan itu."

REFLEKSI

DUNIA TIDAK MEMERLUKAN lebih ramai selebriti — ia memerlukan **duta** .

Lelaki dan wanita yang membawa budaya Syurga ke pelosok bumi mereka.

Seorang duta tidak bercakap kata-kata mereka sendiri - mereka membawa kehendak Raja mereka.

Apabila Yesus berkata,

"Pergi ke seluruh dunia,"

Dia bukan hanya bercakap tentang negara — Dia maksudkan industri, komuniti dan keluarga.

Anda tidak memerlukan mimbar untuk berkhutbah.

Bilik lembaga anda, bilik darjah anda, dapur anda - ini adalah mezbah anda.

Di mana pun kamu berdiri, berdirilah sebagai seorang **yang diutus oleh Tuhan** .

KUNCI AYAT

"OLEH ITU KAMI ADALAH duta-duta Kristus, seolah-olah Allah memohon melalui kami." — **2 Korintus 5:20**

"Kamu adalah terang dunia... biarlah terangmu bercahaya di hadapan orang lain." — **Matius 5:14–16**

"Mereka akan membina semula runtuhan purba dan memulihkan tempat-tempat yang telah lama musnah." — **Yesaya 61:4**

CABARAN TINDAKAN

TANYA DIRI ANDA HARI ini:

"Gunung manakah yang Tuhan tempatkan saya?"

Pendidikan? Media? Perniagaan? Keluarga? Kerajaan? Seni? agama?

Kemudian berdoa:

"Tuhan, jadikan saya duta-Mu di sana."

Anda tidak perlu menjadi terkenal —

Anda hanya perlu setia.

Apabila murid menjadi duta,

Injil berhenti menjadi mesej —dan menjadi gerakan.

BAB 8 - Bangsa-Bangsa Bangun

M*azmur 67:2 | Habakuk 2:14 | Matius 24:14*

Adegan Pertama: Percikan Merentasi Sempadan

IA DIMULAKAN DENGAN bisikan dalam lingkungan solat.

Dari Nairobi ke Lagos.

Dari Kaherah ke Cape Town. Dari kawasan setinggan Mumbai ke jalan-jalan di São Paulo.

Orang ramai bercakap - bukan tentang pendakwah, tetapi tentang corak: "Murid yang menjadikan murid."

Seorang wartawan Kenya yang dalam perjalanan ke Ghana melihat bulatan yang dikenali di bawah pokok mangga —

orang yang beriman membaca Injil Yohanes, masing-masing bergilir-gilir. Apabila ditanya gereja apa mereka, mereka tersenyum dan berkata:

"Kami adalah *Jalan* - Gereja tanpa tembok."

Wartawan itu menangis.

Ia bukan francais. Ia adalah sebuah *keluarga* .

Adegan Kedua: Bahasa Cahaya

TIDAK LAMA KEMUDIAN, terjemahan mula merebak seperti api.

Seorang pengekod muda di Argentina membina tapak untuk menghubungkan kalangan mengikut wilayah.

Pasukan di Manila mencipta versi audio *The Way Lessons* dalam bahasa Tagalog.

Di Rusia, orang percaya berbisik melalui VPN, menghantar kitab suci yang menyamar dalam kod.

Di Mexico, murid bertemu di kafe — mempelajari Khutbah di Bukit antara pukulan espreso.

Di Perancis, sekumpulan artis mengubah perumpamaan menjadi mural di seberang jalan Paris.

Setiap lidah, setiap alat, membawa satu degupan jantung:

"Ajarlah mereka untuk mentaati segala yang Kuperintahkan kepadamu." *(Matius 28:20)*

Ia bukan Barat.

Ia bukan orang Afrika. Ia adalah *budaya Syurga* , mencari suaranya dalam setiap bahasa.

Scene Tiga: The Government Watch

PADA SUATU PAGI, PASTOR Esther menerima surat — bukan dari gereja, tetapi dari **Kementerian Pendidikan** .

Mereka telah menjejaki laporan daripada universiti —

mengurangkan penyalahgunaan dadah, mengurangkan keganasan dan meningkatkan kesukarelawanan.

Surat itu berbunyi:

"Kami tidak faham apa yang anda lakukan,

tetapi apa pun perkara itu, ia berkesan."

Tidak lama kemudian, pemimpin kerajaan meminta untuk memerhati kumpulan murid.

Ester tersenyum lembut dan berkata:

"Anda tidak boleh hanya memerhati... anda perlu mengambil bahagian."

Mereka lakukan.

Dan ramai yang pergi menangis.

Seorang menteri kewangan berbisik,

"Saya telah menandatangani belanjawan selama beberapa dekad, tetapi ini... ini adalah transformasi."

Adegan Empat: Pergeseran Gelombang Udara

DI LAGOS, HOS RADIO bernama **Dami** mengadakan rancangan lewat malam yang pernah dipenuhi dengan gosip.

Selepas membaca kisah viral Anita, dia mengajaknya untuk temuduga.

Dia datang dengan senyap, tanpa rombongan.

Semasa dia berkongsi perjalanannya — daripada panggilan mezbah kepada ketagihan, daripada kemasyhuran kepada kepercayaan —

berjuta-juta telah menonton.

Komen membanjiri stesen:

"Saya fikir saya bersendirian."

"Sekarang saya faham apa itu keselamatan yang sebenar."

Dami memandang Anita dan berkata,

"Kami ada mikrofon — anda ada mesej. Mari berganding bahu."

Dan buat pertama kalinya, radio sekular menjadi tempat perlindungan.

Adegan Kelima: Sarapan Pagi Ahli Perniagaan

DI KOREA SELATAN, SEKUMPULAN CEO mula berkumpul pada waktu subuh.

Tiada agenda. Tiada tawaran. Hanya Alkitab dan senyap.

Salah seorang daripada mereka mengaku,

"Kami membina syarikat... tetapi kehilangan watak kami."

Menjelang mesyuarat ketiga, mereka membiayai misi, sekolah angkat, dan membimbing belia.

Seorang pemerhati bertanya,

"Apa yang mengubah awak?"

Pemimpin mereka menjawab,

"Kami bertemu dengan cerita dari Kenya - tentang seorang gadis yang diselamatkan lima kali tetapi tidak pernah menjadi murid sekali pun. Kisah itu mengubah kami."

Adegan Enam: Keajaiban Timur Tengah

DI SEBUAH BANDAR KECIL di Timur Tengah, seorang lelaki bernama Karim menemui PDF yang dikongsi secara rahsia.

It was *The Way – Journey with Jesus (40 Days)* diterjemahkan dalam bahasa Arab.

Dia mula membacanya setiap malam di bengkelnya.

Pada hari ke-10, dia berbisik,

"Yesus ini... Dia berjalan bersama saya walaupun dalam diam."

Tidak lama kemudian, isterinya menyertainya. Kemudian jiran mereka.

Apabila pihak berkuasa datang untuk menyoal mereka, Karim tersenyum dan berkata,

"Kami tidak memulakan agama. Kami menjadi keluarga."

Mereka pergi dalam keadaan bingung. Tetapi Injil kekal.

Adegan Tujuh: Majlis Afrika

BEBERAPA BULAN KEMUDIAN, pemimpin dari dua belas negara Afrika berkumpul di Abuja untuk forum antara agama.

Antaranya ialah Pastor Esther.

Apabila tiba gilirannya, dia tidak membawa slaid atau petikan.

Dia menceritakan kisah Anita.

Bilik itu jatuh diam.

Tiada siapa yang membantah.

Seorang ulama Islam berdiri dan berkata dengan lembut,

"Jika demikianlah kasih Kristusmu... maka kita harus belajar daripada-Nya."

Momen itu suci.

Dinding retak. Hati terbuka. Ia bukan kompromi — ia adalah belas kasihan.

Adegan Lapan: Persidangan Global

PADA TAHUN BERIKUTNYA, jemputan datang dari Pertubuhan Bangsa-Bangsa Bersatu.

Tema: *Iman, Keamanan, dan Masa Depan Kemanusiaan.*

Anita, Rut, dan Ester hadir bersama.

Dalam sesi pelarian, Anita berkongsi lagi:

"Kami tidak memerlukan lebih banyak perang salib - kami memerlukan perbualan.

Pemuridan adalah cinta, bukan kilat."

Moderator bertanya,

"Dan di mana ini bermula?"

Anita tersenyum.

"Di sebuah taman kecil di Nairobi - apabila seorang wanita bertaubat, dan seorang lagi enggan berhenti."

Tepuk tangan memenuhi ruangan itu.

Adegan Kesembilan: Sabda Nabi

MALAM ITU, ESTER BERMIMPI lagi.

Dia melihat benua — Afrika, Asia, Eropah, Amerika — semuanya bercahaya seperti bara.

Kemudian satu tangan menyentuh dunia, dan api merebak melalui lautan.

Suara seperti banyak air berkata:

"Ini bukan kebangkitan - ini reformasi.

Saya tidak membesarkan mualaf. Saya membentuk anak lelaki."

Dia bangun dengan gemetar, berbisik,

"Tuhan... semoga ia dilakukan."

Adegan Kesepuluh: Perspektif Syurga

MALAIKAT BERKUMPUL di sekitar balkoni Syurga, memerhati.

Bukan perang salib. Bukan bising. Tidak menunjukkan.

Hanya bulatan — rumah — hati.

Satu suara berdentum,

"Bumi akan penuh dengan pengetahuan tentang kemuliaan Tuhan
seperti air menutupi laut." *(Habakuk 2:14)*

Dan Syurga bergembira -
kerana para murid akhirnya mula *memuridkan bangsa-bangsa* .

REFLEKSI

KEBANGKITAN SEBENAR bukan tentang perhimpunan — ia mengenai tadbir urus hati.

Apabila Yesus berkata,

"Pergilah dan jadikan semua bangsa murid-Ku,"

Dia tidak menghantar kita untuk pelancongan. Dia menghantar kita pada transformasi.

Pemuridan adalah benih.
Bangsa adalah tuaian.
Apabila satu kehidupan berubah, masyarakat berubah.
Apabila satu komuniti beralih, sebuah negara bangun.
Ketaatan Afrika menjadi jemputan global —
untuk berjalan, bukan tergesa-gesa; untuk root, bukan run.

KUNCI AYAT

"SUPAYA JALAN-MU DIKENAL di bumi, keselamatan-Mu di antara segala bangsa." — **Mazmur 67:2**

"Bumi akan penuh dengan pengetahuan tentang kemuliaan Tuhan." — **Habakuk 2:14**

"Injil kerajaan ini akan diberitakan di seluruh dunia." — **Matius 24:14**

CABARAN TINDAKAN

TANYA: *"Bahagian dunia saya yang manakah memerlukan cahaya?"*

Ia mungkin bukan sebuah negara — ia mungkin kawasan kejiranan anda.
berdoa:
"Tuhan, bangkitkan lingkaranku.
Biarkan bangsa-bangsa bermula denganku."
Mulakan kumpulan kecil.
Kongsi kesaksian anda. Ajar satu kebenaran.
Begitulah cara negara bangkit -
seorang murid pada satu masa.

BAB 9 - Kepulangan

L *ukas 15:20 | Wahyu 2:4–5 | Filipi 1:6*

Scene One: The Journey Back

IA ADALAH PAGI AHAD yang cerah di Nairobi — tetapi tidak kuat.

Tiada lampu, tiada kamera, tiada reka bentuk pentas.

Hanya angin sepoi-sepoi melalui pintu terbuka Gereja Glory Path—tempat yang sama di mana, bertahun-tahun yang lalu, beribu-ribu pernah bergegas ke hadapan untuk keselamatan.

Anita berdiri di pintu masuk, tangan menggigil.

"Sudah lima tahun," bisiknya.

"Lima tahun sejak saya berlari ke lorong ini."

Pastor Esther tersenyum di sebelahnya.

"Dan lima tahun sejak saya belajar erti berjalan."

Mereka memandang satu sama lain, mata berkilauan dengan air mata - bukan rasa bersalah, tetapi rahmat.

Adegan Kedua: Pentas Kosong

MIMBAR MASIH ADA — tetapi lampu LED telah hilang.

Tiada mesin kabus. Tiada jam undur.

Sebaliknya, bulatan kerusi kayu memenuhi barisan hadapan.

Alkitab terbuka. Lilin berkelip-kelip lembut.

Rut berdiri di hadapan mereka, Alkitabnya terbuka kepada **Wahyu 2:4–5** .

“Engkau telah meninggalkan cinta pertamamu...

Oleh itu ingatlah dari mana engkau telah jatuh; bertobatlah dan lakukan pekerjaan yang engkau lakukan pada mulanya.”

Suaranya pecah.

"Ini adalah tempat itu. Tempat yang kita tinggalkan cinta."

Ester melutut dahulu.

Kemudian Anita.Kemudian yang lain.

Air mata menyentuh mezbah yang sama —

tetapi kali ini, mereka tidak memohon keselamatan. Mereka berterima kasih kepada Tuhan untuk *pemulihan* .

Adegan Ketiga: Rekonsiliasi

APABILA ANITA BANGKIT, dia melihat wajah-wajah yang tidak pernah dilihatnya selama bertahun-tahun —

ahli koir, pengantar, pelakon daripada pasukan drama.

Seorang demi seorang menghampirinya.

"Kami sepatutnya memeriksa anda."

“Kami tidak faham apa yang anda alami.”

Anita menangis.

"Saya maafkan awak. Saya juga sesat."

Mereka berpelukan —

gambar kenangan pertemuan belas kasihan.

Pada masa itu, tiada siapa yang menjadi wira.

Hanya rahmat.

Adegan Empat: Panggilan Altar Baharu

ESTHER BERJALAN KE hadapan, mikrofon di tangan.

"Ada masanya," katanya, "apabila kami mengira mengangkat tangan.

Hari ini, kami mengira hati yang dipulihkan."

Dia berhenti, melihat sekeliling.

"Jika anda telah diselamatkan, tetapi tidak pernah menjadi murid...

Marilah ke hadapan. Kami akan berjalan bersama anda."

Perlahan-lahan, orang ramai mula melangkah keluar.

Tidak berlari.Berjalan — berpegangan tangan.

Tiada muzik yang kuat. Tiada tekanan. Hanya kehadiran.

Rut memimpin mereka dalam doa - bukan untuk menyelamatkan, tetapi untuk akar.

Adegan Kelima: Benih dan Tanah

SELEPAS KEBAKTIAN, kanak-kanak menanam anak pokok di luar pintu pagar gereja.

Pada setiap anak benih, tag berbunyi:

"Berakar dalam Kristus. Tumbuh dalam Kasih."

Ester berbisik,

"Setiap tangan yang diangkat mesti mencari tanah untuk tumbuh."

Anita mengangguk.

"Tiada lagi api kilat - hanya taman hidup."

Dan pada hari itu, Nairobi melihat sesuatu yang baharu —

bukan api kebangkitan, tetapi *akar pemuridan* .

Adegan Enam: Bulatan Kesaksian

DI BAWAH POKOK BERHAMPIRAN gereja, kumpulan murid pertama berkumpul semula.

Perkara yang sama Ruth mulakan bertahun-tahun yang lalu.

Kini lebih tua, lebih mantap, lebih kuat.

Mereka berkongsi kisah transformasi:

- Seorang bekas penagih bertukar kaunselor.
- Seorang ibu tunggal kini membimbing gadis remaja.
- Seorang budak jalanan yang menghafal Mazmur dan kini memimpin ibadat di taman.

Anita tersenyum mendengar.

"Setiap cerita bermula dengan satu perbualan... satu susulan... satu langkah yang setia."

Ruth menjawab dengan lembut,

"Dan seorang Juruselamat yang tidak pernah berhenti mengetuk."

Adegan Tujuh: Tangan dan Hati

MALAM ITU, ANITA BERMIMPI.

Dia melihat tangan yang sama yang pernah dilihatnya bertahun-tahun lalu
—

tangan yang berseri-seri yang mengetuk pintu kaca.

Tetapi kali ini, pintu terbuka luas.

Tangan itu masuk, dan sebuah suara berkata:

"Anda pernah menangis, 'Di manakah keamanan yang dijanjikan kepada saya?'

Sekarang, awak bawa."

Anita jatuh melutut.

Air mata mengalir.

"Terima kasih, Tuhan... kerana tidak berputus asa ketika kami melakukannya."

Adegan Lapan: Bulatan Penuh

KEESOKAN PAGINYA, ANITA berjalan melalui bandar.

Papan iklan yang pernah memaparkan poster perang salib kini menunjukkan projek komuniti.

Bekas pasukan gembar-gembur kini menjadi penginjil jalanan, menyajikan makanan dan berdoa untuk orang yang tidak dikenali.

Semasa dia melepasi mural di dinding, dia berhenti.

Ia berbunyi:

"Pemuridan adalah kasih yang kekal."

Dia tersenyum.

"Ya, memang."

REFLEKSI

KISAH INI BERMULA DENGAN seorang gadis bernama Anita — disimpan lima kali, tidak ada murid.

Tetapi ia berakhir dengan seorang wanita dilahirkan semula - bukan dengan emosi, tetapi dengan pertemuan.

Ia bermula dengan gereja mengira mualaf.

Ia berakhir dengan Kerajaan yang memupuk murid-murid.

Kita semua adalah Anita dalam beberapa cara — ditarik oleh rahmat, tetapi dibentuk oleh kebenaran.

Dan kita semua adalah Esther — tergoda oleh nombor, sehingga cinta mengingatkan kita untuk berhenti dan mendengar.

Yesus tidak pernah meminta kita untuk mengumpulkan orang ramai.

Dia meminta kita untuk mengikut Dia - perlahan-lahan, mendalam, setia.

Dan apabila kita kembali ke altar cinta pertama,

kita menemui apa yang Dia kehendaki selama ini:

persahabatan, bukan prestasi.

KUNCI AYAT

"SEMENTARA DIA MASIH jauh, ayahnya melihat dia dan penuh belas kasihan kepadanya." — **Lukas 15:20**

"Kamu telah meninggalkan cinta pertamamu... kembali kepada pekerjaan yang kamu lakukan pada mulanya." — **Wahyu 2:4–5**

"Dia yang memulakan pekerjaan yang baik di dalam kamu, akan menyelesaikannya." — **Filipi 1:6**

CABARAN TINDAKAN

TANYA DIRI ANDA HARI ini:

"Adakah saya telah meninggalkan cinta pertama saya?"

berdoa:

"Tuhan, bawa saya kembali - bukan untuk gembar-gembur, tetapi ke hati."

Jangkau:

Ikuti satu orang yang pernah anda doakan. Berjalan bersama mereka.

Ingat:

Keselamatan bermula dalam seketika—tetapi kemuridan adalah seumur hidup.

EPILOG - Diselamatkan Tetapi Hilang: Cermin Nabi untuk Generasi Kita

Matius 28:19–20 | Wahyu 3:15–20 | Lukas 10:41–42

Ia bermula di Nairobi.

Tetapi ia bukan hanya mengenai Kenya.

Ia adalah tentang *kita semua* -

Gereja global, orang percaya moden, jiwa yang tampil ke hadapan tetapi tidak pernah bergerak ke hadapan.

Ia mengenai setiap mezbah yang mengira keputusan... tetapi melupakan murid.

Setiap tangan diangkat... tetapi tidak pernah dipegang. Setiap "Amin" menjerit... tetapi tidak pernah hidup.

Cermin

DISIMPAN TETAPI HILANG bukan fiksyen — ia adalah refleksi.

Kisah Anita adalah bunyi jutaan —

dilahirkan semula, tetapi tidak pernah *dilahirkan* .

Kami membina gereja yang berlari pecut.

Tetapi Syurga memanggil kita untuk *berjalan* .

Kami menganjurkan kebangkitan yang memenuhi arena.

Tetapi Yesus masih berdiri di luar pintu - mengetuk.

Kami meraikan perkhidmatan Martha

dan melupakan kesunyian Mary.

Kami mendapat nombor,

tetapi kehilangan asuhan.

Kami berteriak "Ya, Tuhan!"

tetapi tidak pernah berhenti untuk bertanya, "Apa sekarang?"

Amaran

WAHYU 3:15–16 BUKAN tentang orang kafir.

Ia adalah surat kepada orang percaya — kepada *murid-murid yang suam-suam kuku* ,

untuk *kebangunan rohani yang tergesa-gesa* ,

kepada *iman tanpa tindak lanjut* .

"Oleh kerana kamu tidak panas dan tidak pula sejuk,

Aku akan meludahkan kamu dari mulut-Ku."

Apa yang menyedihkan Syurga bukan hanya dosa -

ia adalah keselamatan yang cetek.

Yesus tidak mati untuk kehadiran.

Dia mati untuk penjajaran.

Apabila kita berdakwah kepantasan bukannya menyerah diri,

kita membangkitkan mualaf — bukan sahabat.

Apabila kita mengejar platform melebihi orang,

kita membina menara — bukan meja.

Dan apabila kita mengabaikan kemuridan,

kita mewarisi disfungsi.

Panggilan

TETAPI ADA HARAPAN.

Sentiasa ada harapan.

Di seluruh negara, saki-baki sedang bangkit -

rendah hati, tanpa nama, setia.

Mereka berkumpul bukan untuk pertunjukan,

tetapi untuk membentuk.

Mereka kembali kepada irama gereja pertama -

memecahkan roti, berkongsi hati, berjalan setiap hari.

Afrika mendengar ketukan dahulu —

tetapi kini Asia menjawab. Eropah mendengar. Amerika bergolak.

Gereja sedang mengingati cinta pertamanya.

Ini bukanlah pengakhiran cerita -

ini adalah pengenalan semula Yesus kepada Pengantin-Nya.

Mesej

JIKA ANDA TELAH **diselamatkan tetapi hilang** ,

dengar ini:

Yesus tidak memanggil anda untuk berusaha lebih keras.

Dia memanggil anda untuk berjalan lebih dekat.

Anda tidak perlu menjadi sempurna —

hanya hadir.

Cari bulatan.

Pelajari suara-Nya. Kasihilah sesamamu. Jadilah murid - dan jadikan murid.

Ini adalah jalan yang sempit —

satu-satunya jalan yang kekal.

"Karena itu pergilah, jadikanlah semua bangsa murid-Ku..." *(Matius 28:19)*

Ia bukan slogan.

Ia adalah saman.

Doa

BAPA,

Kami kembali.

Dari keramaian kepada perjamuan,

daripada gembar-gembur kepada kekudusan, daripada bilangan kepada asuhan.

Kami bertaubat untuk setiap jiwa yang kami hitung,

tetapi tidak pernah dibawa.

Maafkan kami kerana meraikan tangan yang diangkat

tanpa perubahan hati.

Kembalikan cinta kita untuk mendengar.

Hidupkan rasa lapar kami akan kedalaman.

Biarkan Gereja perlahan —

untuk berjalan semula bersama-Mu.

Dalam nama Yesus.

Amin.

Deklarasi Nabi

SAYA MENGISYTIHARKAN kepada generasi ini -

Era panggilan mezbah kosong akan berakhir.

Musim kemuridan yang mendalam bermula.

Roh Kudus memperkenalkan semula **agama Kristian yang berakar umbi**

.

Rumah ke rumah. Dari hati ke hati.

Gereja tidak lagi mengejar kelajuan - mereka akan mencari kesunyian.

Pendeta tidak akan lagi mengira mualaf - mereka akan membesarkan sahabat. Orang percaya tidak akan hanyut lagi - mereka akan tinggal.

Dan negara-negara tidak hanya akan mendengar Injil -

mereka akan **melihatnya** dihayati.

Kerana Yesus sedang membina Gereja-Nya semula -

dan kali ini, pintu neraka tidak akan menang.

CAJ AKHIR

ANDA TIDAK DIPANGGIL untuk menjadi seorang selebriti.

Anda dipanggil untuk menjadi **murid** .

Anda tidak dipanggil untuk menjadi viral.

Anda dipanggil untuk pergi **dan membuat murid** .

Anda tidak dipanggil untuk dilihat.

Anda dipanggil untuk **dihantar** .

Kisah Anita berakhir di mana kisah anda bermula:

Bukan di altar — tetapi di jalan raya.

Angkat salibmu.

Ikut Dia. Berjalan dalam cinta. Dan jangan hanya percaya — **menjadi** .

"Maria telah memilih bahagian yang lebih baik, dan bahagian itu tidak akan diambil daripadanya." — *Lukas 10:42*

"Lihat, Aku berdiri di muka pintu dan mengetuk..." — *Wahyu 3:20*

"Dia yang memulakan pekerjaan yang baik di dalam kamu, akan melaksanakannya hingga selesai." — *Filipi 1:6*

Disimpan Tetapi Hilang tidak ditulis untuk menghiburkan anda.

Ia ditulis untuk **menyedarkan anda** .

Yesus masih mengetuk.
Adakah anda akan membuka?

DISIMPAN TAPI HILANG — PANDUAN KAJIAN & REFLEKSI

Perjalanan 9 Sesi dari Keputusan Menjadi Pemuridan

"Ajarlah mereka untuk mentaati segala yang Kuperintahkan kepadamu." — *Matius 28:20*

SESI 1: *Ilusi*

LUKAS 10:38–41 | *Matius 23:15*

Ringkasan

GEREJA GLORY PATH BERKILAUAN dengan lampu dan slogan — tetapi kekurangan kasih sayang. Pelayanan Pastor Esther mengira beribu-ribu keputusan tetapi mengabaikan pemuridan. Anita, yang diselamatkan lima kali di lima gereja, melambangkan generasi yang mengejar detik-detik emosi tetapi kehilangan transformasi.

Soalan Refleksi

1. Dalam cara apakah agama Kristian moden menggantikan pemuridan dengan tontonan?
2. Bagaimanakah kita boleh membezakan antara tindak balas emosi dan penukaran sebenar?
3. Adakah terdapat " Anitas " di sekeliling kita — orang ramai diraikan, tetapi tidak dipedulikan?

Fokus Solat

"TUHAN, BUKALAH MATA kami kepada ilusi yang telah kami bina. Ajar kami melihat hati, bukan tangan."

Berdoa untuk gereja yang terperangkap dalam gembar-gembur untuk menemui semula kerendahan hati dan kedalaman.

Aplikasi Kehidupan

TULIS SATU NAMA SESEORANG yang pernah datang kepada Kristus tetapi hanyut. Jangkau minggu ini. Tanya bagaimana keadaan mereka sebenarnya — bukan secara rohani, tetapi secara peribadi.

SESI 2: *The Knock*

WAHYU 3:15–20 | Lukas 10:42

Ringkasan

SEMASA GEREJA MERAIKAN keselamatan yang cepat, Yesus berada di luar - mengetuk. Suara kebenaran Rut menusuk orang ramai, mengingatkan Ester bahawa kebangkitan tanpa hubungan adalah pemberontakan terhadap cinta.

Soalan Refleksi

1. Berapa kerap kita "melakukan pelayanan" tanpa mendengar Yesus?
2. Apakah maksud Yesus mengetuk pintu gereja *kita ?*
3. Mengapakah kita menolak untuk melambatkan kehidupan rohani?

Fokus Solat

"TUHAN YESUS, KAMI MEMBUKA pintu. Masuklah lagi ke tengah-tengah kami. Makan bersama kami. Ajar kami untuk menantikan Engkau."

Aplikasi Kehidupan

SEDIAKAN SATU JAM PENUH minggu ini tanpa agenda — hanya untuk duduk diam di hadapan Tuhan. Tulis apa yang Dia terkesan di hati anda.

SESI 3: *Krisis*

MATIUS 23:15 | Mazmur 51:17

Ringkasan

BLOG ANITA, "DISIMPAN tetapi Dilupakan," mendedahkan kekosongan permainan nombor. Gereja-gereja panik, tetapi Syurga menyeru untuk bertaubat. Krisis itu bukan kegagalan - ia adalah campur tangan ilahi.

Soalan Refleksi

1. Apakah "metrik kejayaan" moden yang telah diterima pakai oleh Gereja yang bercanggah dengan model Kristus?
2. Bagaimanakah pendedahan awam boleh menjadi alat untuk bertaubat secara peribadi?
3. Apakah rupa kehancuran di hadapan Tuhan bagi para pemimpin hari ini?

Fokus Solat

"TUHAN, GUNAKAN KRISIS untuk membersihkan, bukan mengutuk. Sucikan Pengantin Anda."

Berdoa untuk keberanian di kalangan pemimpin untuk menghadapi kegagalan dan perubahan mereka.

Aplikasi Kehidupan

TULIS SURAT PENGAKUAN - bukan rasa bersalah, tetapi pertumbuhan.

Akui satu cara anda telah mengutamakan kelajuan berbanding kedalaman. Kongsi dengan mentor atau rakan kongsi akauntabiliti.

SESI 4: *Sisa*

LUKAS 10:42 | Yohanes 15:5

Ringkasan

ESTHER MENGHENTIKAN perang salib dan kembali kepada keintiman. Beberapa orang yang tinggal - Ruth, Mary, Anita - memulakan kerja pemuridan yang perlahan. Apa yang bermula sebagai kehilangan menjadi warisan.

Soalan Refleksi

1. Mengapa Tuhan sering membina dengan sisa, bukan beramai-ramai?
2. Apakah perbezaan antara "pengikut" dan "pengikut"?
3. Bagaimanakah bulatan kecil boleh melahirkan transformasi besar?

Fokus Solat

"TUHAN, BERILAH KAMI mata untuk segelintir orang — dan iman untuk masa depan."

Berdoa untuk keberanian untuk berhenti tergesa-gesa dan mula mengakar.

Aplikasi Kehidupan

KUMPULKAN 2–3 RAKAN dan mulakan perjalanan Kitab Suci mingguan.

Pilih satu Injil, baca satu bab, dan kongsi perkara yang Tuhan serlahkan.

SESI 5: Duta Besar

2 KORINTUS 5:20 | Matius 5:14–16

Ringkasan

PENGIKUT MATANG MENJADI duta — membawa budaya Kerajaan ke sekolah, pejabat, media, dan politik. Esther sedar: kebangkitan sebenar berlaku Isnin hingga Sabtu, bukan Ahad sahaja.

Soalan Refleksi

1. Di manakah Tuhan menempatkan anda sebagai duta-Nya?

2. Bagaimanakah anda mewakili nilai Syurga dalam budaya yang telah jatuh?
3. Apakah yang akan berubah jika setiap orang percaya melihat pekerjaan mereka sebagai medan misi?

Fokus Solat

"BAPA, JADIKANLAH AKU duta-Mu — setia, tak kenal takut, dan berbuah."

Berdoa untuk tempat kerja, komuniti atau negara anda sebagai "kedutaan Syurga" anda.

Aplikasi Kehidupan

KENAL PASTI SATU PERSEKITARAN harian (sekolah, pejabat, jalan) dan lakukan satu tindakan Kerajaan — berdoa, menggalakkan, berkhidmat, atau berkongsi kebenaran.

SESI 6: Bangsa-Bangsa Bangun

HABAKUK 2:14 | Mazmur 67:2

Ringkasan

PEMURIDAN TERSEBAR ke seluruh dunia — dari Nairobi ke New York, dari Kaherah ke Seoul. Kerajaan, perniagaan, dan media mula melihat transformasi melalui orang percaya biasa yang membawa rahmat yang luar biasa.

Soalan Refleksi

1. Apakah yang dimaksudkan dengan "mengikut bangsa-bangsa"?
2. Bagaimanakah ketaatan kecil boleh mencetuskan kebangkitan yang besar?
3. Apakah bangsa atau kumpulan orang yang membakar hati anda?

Fokus Solat

"TUHAN, PENUHILAH BUMI dengan ilmu-Mu sebagaimana air menutupi lautan."

Berdoa untuk mubaligh, pembuat murid, dan pembaharu di seluruh benua.

Aplikasi Kehidupan

LUANGKAN SATU HARI belajar tentang negara lain.

Berdoalah untuk para pemimpin, belia dan gerejanya. Mintalah Tuhan memberi anda satu tugasan global.

SESI 7: *Kepulangan*

WAHYU 2:4–5 | Lukas 15:20

Ringkasan

ANITA DAN ESTHER KEMBALI ke Glory Path — bukan untuk panggilan mezbah lain, tetapi untuk membina semula daripada cinta. Mereka bertukar bunyi untuk asuhan, kilat untuk kesetiaan. Pintu yang pernah mengunci Yesus keluar kini terbuka.

Soalan Refleksi

1. Apakah maksud "kembali kepada cinta pertama" untuk anda secara peribadi?
2. Bagaimanakah gereja dapat memulihkan kemesraan selepas kehilangan arah?
3. Apakah tanda-tanda bahawa Kristus benar-benar menjadi pusat semula?

Fokus Solat

"KEMBALIKAN KEPADA KAMI sukacita keselamatan kami, dan perbaharui hati yang teguh."

Berdoa untuk pemulihan dalam perjalanan anda - bukan aktiviti, tetapi kasih sayang.

Aplikasi Kehidupan

LAWATI "MEZBAH PERTAMA" anda - gereja, tempat, atau saat di mana Tuhan pernah bertemu dengan anda.

Bersyukurlah kepada-Nya untuk sejauh mana Dia membawa anda — kemudian mintalah Dia untuk memperdalam pengabdian anda.

SESI 8: Epilog — Cermin Kenabian

WAHYU 3:19–20 | Filipi 1:6

Ringkasan

"DISELAMATKAN TETAPI Hilang" berakhir bukan dengan kekalahan tetapi pengalihan ilahi.

Ia adalah cermin Syurga kepada generasi kita — memanggil orang beriman kembali untuk berjalan, bukan berlari. Daripada orang yang bertobat kepada sahabat. Dari bising menjadi tahu.

Soalan Refleksi

1. Apakah ilusi yang telah Tuhan hancurkan dalam perjalanan iman anda?
2. Bagaimanakah kisah ini boleh membentuk cara anda memuridkan orang lain?
3. Apakah erti "ditemui semula" kepada anda hari ini?

Fokus Solat

"YESUS, TERIMA KASIH kerana mengetuk. Kami membuka setiap pintu sekali lagi."

Berdoalah agar generasi ini menghargai kedalaman daripada paparan.

Aplikasi Kehidupan

BERKOMITMEN UNTUK BERJALAN dengan seorang mukmin baru selama 40 hari.

Belajar bersama. Makan bersama. Tumbuh bersama. Syurga bergembira atas setiap langkah.

SESI 9: Giliran Anda — Tulis Bab Anda

YOHANES 21:25 | Matius 28:19–20

Ringkasan

JIKA CERITA INI DITULIS hari ini, hidup anda akan menjadi halaman.

Ketaatan setiap murid menambah ayat lain kepada kisah Tuhan yang terungkap.

Soalan Refleksi

1. Apa yang akan dikatakan bab anda?
2. Siapa yang akan anda pelajari seterusnya?
3. Bagaimanakah kehidupan anda akan mencerminkan hati Kristus selepas hari Ahad?

Fokus Solat

"TUHAN, TULISKAN NAMAKU dalam kisah yang masih Engkau ceritakan."

Jemput Roh Kudus untuk menulis ketaatan anda.

Aplikasi Kehidupan

MULA MENDOKUMENTASIKAN perjalanan anda.

Testimoni jurnal. Catat pelajaran. Kongsi harapan. Suatu hari nanti, seseorang mungkin membaca hidup anda — dan bertemu dengan Yesus.

Pemikiran Akhir:

ANDA TIDAK *disimpan untuk duduk* .

Anda *disimpan untuk berkhidmat, berkembang, dan pergi* .

Setiap keputusan untuk Kristus mesti menjadi perjalanan **bersama** Kristus.

Begitulah cara Syurga mengukur kejayaan — seorang murid pada satu masa.

Bagaimana untuk Dilahirkan Semula dan Mulakan Kehidupan Baru bersama Kristus

Mungkin anda pernah berjalan bersama Yesus sebelum ini, atau mungkin anda baru sahaja bertemu Dia sepanjang 40 hari ini. Tetapi sekarang, sesuatu dalam diri anda sedang bergolak.

Anda bersedia untuk lebih daripada agama.

Anda sudah bersedia untuk **hubungan** .

Anda sudah bersedia untuk berkata, "Yesus, saya perlukan Engkau."

Inilah kebenarannya:

"Sebab semua orang telah berbuat dosa; kita semua tidak mencapai standar kemuliaan Allah... tetapi Allah, dalam kasih karunia-Nya, dengan bebas membenarkan kita di hadapan-Nya."

— Roma 3:23–24 (NLT)

Anda tidak boleh memperoleh keselamatan.

Anda tidak boleh memperbaiki diri sendiri. Tetapi Yesus telah membayar harga penuh — dan Dia sedang menunggu untuk mengalu-alukan anda pulang.

Bagaimana untuk Dilahirkan Semula

Dilahirkan semula bermakna menyerahkan hidup anda kepada Yesus - menerima pengampunan-Nya, percaya Dia telah mati dan bangkit semula, dan menerima Dia sebagai Tuhan dan Juruselamat anda.

Mudah sahaja. Ia berkuasa. Ia mengubah segala-galanya.

Doakan Ini dengan lantang:

"Tuhan Yesus, saya percaya Engkau adalah Anak Tuhan.

Saya percaya Engkau telah mati untuk dosa-dosa saya dan bangkit semula. Saya mengaku bahawa saya telah berdosa dan saya memerlukan pengampunan-Mu. Hari ini, saya bertaubat dan berbalik dari jalan lama saya. Saya menjemput-Mu ke dalam hidup saya untuk menjadi Tuhan dan Juruselamat saya. Basuhlah saya bersih. Penuhi saya dengan Roh-Mu. Saya menyatakan bahawa saya dilahirkan semula, diampuni-Mu, dan saya akan terus maju.F. untuk menyelamatkan saya dalam nama Yesus, amin.

Langkah Seterusnya Selepas Keselamatan

1. **Beritahu Seseorang** - Kongsi keputusan anda dengan orang percaya yang anda percayai.
2. **Cari Gereja Berasaskan Alkitab** – Sertai komuniti yang mengajar Firman Tuhan dan mengamalkannya. Lawati kementerian Helang Tuhan dalam talian melalui https://www.otakada.org [1]atau https://chat.whatsapp.com/H67spSun32DDTma8TLh0ov
3. **Dapatkan Dibaptis** – Ambil langkah seterusnya secara terbuka untuk mengisytiharkan iman anda.
4. **Baca Alkitab Setiap Hari** – Mulakan dengan Injil Yohanes.
5. **Berdoa Setiap Hari** – Bercakap dengan Tuhan sebagai kawan dan Bapa.
6. **Kekal Terhubung** – Kelilingi diri anda dengan orang yang menggalakkan berjalan kaki baharu anda.
7. **Mulakan Proses pemuridan dalam komuniti** – Kembangkan hubungan satu lawan satu dengan Yesus Kristus melalui pautan ini

Pemuridan 40 hari 1 - https://www.otakada.org/get-free-40-days-online-discipleship-course-in-a-journey-with-jesus/

40 Kemuridan 2 - https://www.otakada.org/get-free-40-days-dna-of-discipleship-journey-with-jesus-series-2/

1. https://www.otakada.org

Detik Keselamatan Saya

Tarikh : ______________________

Tandatangan : _____________________

"Barangsiapa ada di dalam Kristus, ia adalah ciptaan baru; yang lama sudah berlalu, yang baru sudah datang!"

— 2 Korintus 5:17

Sijil Kehidupan Baru dalam Kristus

D*eklarasi Keselamatan – Dilahirkan Semula oleh Rahmat*
Ini memperakui bahawa

____

(Nama Penuh)

telah mengisytiharkan secara terbuka **iman kepada Yesus Kristus** sebagai Tuhan dan Juruselamat dan telah menerima hadiah keselamatan percuma melalui kematian dan kebangkitan-Nya.

"Jika kamu dengan terang-terangan menyatakan bahawa Yesus adalah Tuhan dan percaya dalam hatimu bahawa Allah telah membangkitkan Dia dari antara orang mati, kamu akan diselamatkan."

— Roma 10:9 (NLT)

Pada hari ini, syurga bergembira dan perjalanan baru bermula.

Tarikh Keputusan : ______________________

Tandatangan : ______________________________

Pengisytiharan Keselamatan

"Hari ini, saya menyerahkan hidup saya kepada Yesus Kristus.

Saya percaya Dia mati untuk dosa-dosa saya dan bangkit semula. Saya menerima Dia sebagai Tuhan dan Juruselamat saya. Saya diampuni, dilahirkan semula, dan dijadikan baru. Mulai saat ini dan seterusnya, saya akan berjalan mengikut jejak-Nya."

Selamat datang ke Keluarga Tuhan!

Namamu tertulis dalam Kitab Kehidupan Anak Domba.

Kisah anda baru bermula — dan ia kekal abadi.

BERHUBUNG DENGAN KEMENTERIAN HELANG ALLAH

- laman web: www.otakada.org[1]
- Siri Wealth Beyond Worry: www.wealthbeyondworryseries.com[2]
- E-mel: ambassador@otakada.org

- **Sokong kerja ini:**

Sokong projek kerajaan, misi dan sumber global percuma melalui pemberian yang diterajui perjanjian.

Imbas Kod QR untuk Memberi

https://tithe.ly/give?c=308311

Kemurahan hati anda membantu kami menjangkau lebih ramai jiwa, menterjemah sumber, menyokong mubaligh, dan membina sistem pemuridan secara global. terima kasih!

Give in the Spirit of Luke 6:38

3. SERTAI KOMUNITI Perjanjian WhatsApp Kami

1. https://www.otakada.org
2. https://www.wealthbeyondworryseries.com

Terima kemas kini, kandungan ibadah, dan berhubung dengan orang percaya yang berfikiran perjanjian di seluruh dunia.

Imbas untuk Sertai

https://chat.whatsapp.com/H67spSun32DDTma8TLh0ov

Mengenai Pengarang

Zacharias Godseagle

Zacharias Godseagle , adalah suara kenabian dan guru dengan semangat untuk menghidupkan Firman Tuhan dalam hati orang yang beriman. Dikenali dengan pandangan mendalam tentang peperangan rohani, doa, dan pembebasan, dia telah mengarang pelbagai ibadah dan panduan kenabian yang memberi inspirasi kepada perubahan dalam individu, keluarga dan negara. Tulisannya menekankan penerapan praktis Kitab Suci untuk kemenangan harian dan kemajuan kerajaan.

Selesa Ladi Ogbe

Selesa Ladi Ogbe adalah seorang wanita yang berdoa, syafaat, dan pelayanan praktikal. Dia telah mendedikasikan hidupnya untuk memelihara jiwa, membesarkan pendoa syafaat, dan melengkapkan wanita dan keluarga untuk hidup dalam keutuhan—roh, jiwa, dan tubuh. Pengajaran dan penjagaan pastoralnya mencerminkan hati yang penuh belas kasihan, menarik orang ke dalam pelukan penyembuhan Kristus dan memperkasakan mereka untuk menemui takdir yang dianugerahkan Tuhan mereka.

Duta Isnin O. Ogbe

Duta Besar Monday O. Ogbe ialah **Ahli Strategi Transformasi Nasional** , menteri dan perunding yang menghubungkan kepercayaan, tadbir urus dan strategi keselamatan. Beliau ialah pengasas **God's Eagle Ministries (GEM)** dan telah memainkan peranan penting dalam membangunkan pelan tindakan negara untuk kepimpinan, keselamatan dan transformasi, menggunakan prinsip kerajaan. Tulisan dan ajarannya menyeru orang percaya untuk bangkit sebagai pembaharu, membina semula negara melalui wawasan, teknologi, dan kerjasama, sambil kekal berakar dalam doa dan peperangan rohani.

Penerbit

Buku ini diterbitkan di bawah cetakan bersama **Zacharias Godseagle** dan **God's Eagle Ministries (GEM)** , sebuah kementerian yang didedikasikan untuk melengkapkan Tubuh Kristus dengan alat untuk pemuridan, pembebasan, dan transformasi di negara-negara.

BUKU & SUMBER CADANGAN

7 HARI PERANG ROHANI & PEMULIHAN - ini adalah Bahagian 1

Mengikat Musuh, Memulangkan Anak Panah Berlipat Tujuh kali ganda, dan Memulihkan Nasib Anda

https://shop.ingramspark.com/b/084?params=8mPzqUl73Ex7uPyeO7ydyt8EGkkB6u2gX1jZvWU8j1C

Pautan e-buku - https://www.amazon.com/DAYS-SPIRITUAL-WARFARE-RECOVERY-Returning-ebook/dp/B0FMPJM5KZ

DARI KEGELAPAN KEPADA PENGUASAAN: 40 Hari untuk Melepaskan Genggaman Tersembunyi Kegelapan

Ibadah Kesedaran, Pembebasan & Kuasa Global - Untuk Individu, Keluarga dan Negara Sedia Bebas

PAPERBACK

https://shop.ingramspark.com/b/084?params=aVgp21QfwJxNANkfMxIQ0yejuFCVY12KFr978SRkZUD

Amazon - https://www.amazon.com/DARKNESS-DOMINION-Devotional-Awareness-Deliverance-ebook/dp/B0FLDH2Y67

- *Dihantar dari Kuasa Kegelapan* (Kembali Kertas) — Beli Di Sini [1]| Ebook [2]di Amazon[3]

- **Ulasan Teratas dari Amerika Syarikat:**
  - **Pelanggan Kindle** : "Bacaan Kristian Terbaik yang pernah ada!" (5 bintang)

PUJILAH YESUS ATAS kesaksian ini. Saya telah diberkati dan akan mengesyorkan setiap orang untuk membaca buku ini... Kerana upah dosa ialah maut tetapi karunia Tuhan ialah hidup yang kekal. Syalom! Syalom!

- **Da Gster** : "Ini adalah buku yang sangat menarik dan agak pelik." (5 bintang)

Jika apa yang dikatakan dalam buku itu benar maka kita benar-benar jauh ketinggalan daripada apa yang mampu dilakukan oleh musuh! ... Satu kemestian bagi sesiapa yang ingin belajar tentang peperangan rohani.

---

1. https://shop.ingramspark.com/b/084?params=oeYbAkVTC5ao8PfdVdzwko7wi6IQimgJY2779NaqG4e
2. https://www.amazon.com/Delivered-Power-Darkness-AFRICAN-DELIVERED-ebook/dp/B0CC5MM4MV
3. https://www.amazon.com/Delivered-Power-Darkness-AFRICAN-DELIVERED-ebook/dp/B0CC5MM4MV

- **Visa** : "Suka buku ini" (5 bintang)

Ini adalah pembuka mata... pengakuan yang benar... Baru-baru ini saya telah mencarinya di mana-mana untuk membelinya. Sangat gembira untuk mendapatkannya dari Amazon.

- **FrankJM** : "Agak berbeza" (4 bintang)

Buku ini mengingatkan saya betapa peperangan rohani yang sebenar. Ia juga mengingatkan sebab untuk memakai "Perisai Penuh Tuhan."

- **JenJen** : "Semua orang yang ingin pergi ke Syurga- baca ini!" (5 bintang)

Buku ini banyak mengubah hidup saya. Bersama-sama dengan keterangan John Ramirez, ia akan membuatkan anda melihat iman anda secara berbeza. Saya telah membacanya 6 kali!

- *Bekas Syaitan: The James Exchange* (Kulit kertas) — Beli Di Sini [4]| Ebook [5]di Amazon[6]

---

4. https://shop.ingramspark.com/b/084?params=I2HNGtbqJRbal8OxU3RMTApQsLLxcUCTC8zUdzDy0W1
5. https://www.amazon.com/JAMESES-Exchange-Testimony-High-Ranking-Encounters-ebook/dp/B0DJP14JLH
6. https://www.amazon.com/JAMESES-Exchange-Testimony-High-Ranking-Encounters-ebook/dp/B0DJP14JLH

- ***TESTIMONI BEKAS SYAITAN Afrika*** *- Pastor JONAS LUKUNTU MPALA* (Kulit kertas) — Beli Di Sini [7]| Ebook [8]di Amazon[9]

- *Greater Exploits 14* (Kulit kertas) — Beli Di Sini [10]| Ebook [11]di Amazon[12]

---

7. https://shop.ingramspark.com/b/084?params=0Aj9Sze4cYoLM5OqWrD20kgknXQQqO5AZYXcWtoMqWN
8. https://www.amazon.com/TESTIMONY-African-EX-SATANIST-Pastor-Jonas-ebook/dp/B0DJDLFKNR
9. https://www.amazon.com/TESTIMONY-African-EX-SATANIST-Pastor-Jonas-ebook/dp/B0DJDLFKNR
10. https://shop.ingramspark.com/b/084?params=772LXinQn9nCWcgq572PDsqPjkTJmpgSqrp88b0qzKb
11. https://www.amazon.com/Greater-Exploits-MYSTERIOUS-Strategies-Countermeasures-ebook/dp/B0CGHYPZ8V
12. https://www.amazon.com/Greater-Exploits-MYSTERIOUS-Strategies-Countermeasures-ebook/dp/B0CGHYPZ8V

- *Out of the Devil's Cauldron* oleh John Ramirez — Tersedia di Amazon[13]
- *Dia Datang untuk Bebaskan Tawanan* oleh Rebecca Brown — Cari di Amazon[14]

BUKU LAIN YANG DITERBITKAN oleh pengarang – Lebih 1000 judul

Disayangi, Dipilih dan Seluruh : Perjalanan 30 Hari dari Penolakan kepada **Pemulihan** diterjemahkan ke dalam 40 bahasa dunia

https://www.amazon.com/Loved-Chosen-Whole-Rejection-Restoration-ebook/dp/B0F9VSD8WL

https://shop.ingramspark.com/b/084?params=xga0WR16muFUwCoeMUBHQ6HwYjddLGpugQHb3DVa5hE

13. https://www.amazon.com/Out-Devils-Cauldron-John-Ramirez/dp/0985604306

14. https://www.amazon.com/He-Came-Set-Captives-Free/dp/0883683239

Loved, Chosen and Whole
A 30-Day Journey from Rejection to Restoration

DALAM LANGKAHNYA — Cabaran WWJD 40 Hari:

Hidup Seperti Yesus dalam Kisah Kehidupan Nyata Di Seluruh Dunia

https://www.amazon.com/His-Steps-Challenge-Real-Life-Stories-ebook/dp/B0FCYTL5MG

https://shop.ingramspark.com/b/084?params=DuNTWS59IbkvSKtGFbCbEFdv3Zg0FaITUEvlK49yLzB

YESUS DI PINTU:

40 Kisah Menyayat Hati dan Amaran Terakhir Syurga kepada Gereja-Gereja HARI INI

https://www.amazon.com/dp/B0FDX31L9F

https://shop.ingramspark.com/b/084?params=TpdA5j8WPvw83glJ12N1B3nf8LQte2a1lIEy32bHcGg

KEHIDUPAN PERJANJIAN: 40 Hari Berjalan dalam Berkat Ulangan 28

- https://www.amazon.com/dp/B0FFJCLDB5

Cerita dari Orang Sebenar, Ketaatan Sebenar, dan Sebenar https://shop.ingramspark.com/b/084?params=bH3pzfz1zdCOLpbs7tZYJNYgGcYfU32VMz3J3a4e2Qt

TRANSFORMASI DALAM lebih 20 bahasa

MENGENAL DIA & MENGENAL DIA:

40 Hari untuk Penyembuhan, Pemahaman, dan Cinta Kekal

HTTPS://WWW.AMAZON.com/KNOWING-HER-HIM-Healing-Understanding-ebook/dp/B0FGC4V3D9[15]

https://shop.ingramspark.com/b/084?params=vC6KCLoI7Nnum24BVmBtSme9i6k59p3oynaZOY4B9Rd

LENGKAP, BUKAN BERSAING:

Perjalanan 40 Hari untuk Tujuan, Perpaduan dan Kerjasama

15. https://www.amazon.com/KNOWING-HER-HIM-Healing-Understanding-ebook/dp/B0FGC4V3D9

HTTPS://SHOP.INGRAMSPARK.com/b/084?params=5E4v1tHgeTqOOuEtfTYUzZDzLyXLee30cqYo0Ov9941[16] https://www.amazon.com/COMPLETE-NOT-COMPETE-Journey-Collaboration-ebook/dp/B0FGGL1XSQ/

KOD KESIHATAN ILAHI - 40 Kunci Harian untuk Mengaktifkan Penyembuhan Melalui Firman dan Ciptaan Tuhan Membuka Kunci Kuasa Penyembuhan Tumbuhan, Doa dan Tindakan Kenabian

16. https://shop.ingramspark.com/b/084?params=5E4v1tHgeTqOOuEtfTYUzZDzLyXLee30cqYo0Ov9941

HTTPS://SHOP.INGRAMSPARK.com/b/
084?params=xkZMrYcEHnrJDhe1wuHHYixZDViiArCeJ6PbNMTbTux[17]
https://www.amazon.com/dp/B0FHJT42TK

BUKU LAIN BOLEH DIDAPATI di halaman pengarang https://www.amazon.com/stores/Ambassador-Monday-O.-Ogbe/author/B07MSBPFNX

17. https://shop.ingramspark.com/b/084?params=xkZMrYcEHnrJDhe1wuHHYixZDViiArCeJ6PbNMTbTux

www.ingramcontent.com/pod-product-compliance
Lightning Source LLC
LaVergne TN
LVHW060300051026
849517LV00003B/893
9798349613258